www.tredition.de

AF178818

Benno J. Pöhler, geboren in der westfälischen Provinz, lebt heute, nach langen Jahren beruflichen Engagements in der IT-Industrie, im südlichen Ruhrgebiet. Seine »Schreibe« bezog sich in den zurückliegenden Jahren fast ausschließlich auf beruflich bedingte Veröffentlichungen.
Sein erstes Buch, die anekdotische Biografie »Weitgehend unbeschwert«, erschien im Jahr 2019. Neben dem Schreiben verbringt er seine Zeit gern beim Segeln oder auf seinem Rennrad.

Benno J. Pöhler

Insgesamt passabel

www.tredition.de

© 2020 Benno J. Pöhler

Autor: Benno J. Pöhler
Lektorat, Korrektorat, Satz: Lektorat Hohe Weide,
Hamburg

Verlag & Druck: tredition GmbH, Halenreie 40-44,
22359 Hamburg

ISBN Paperback: 978-3-347-11542-2

Das Werk, einschließlich seiner Teile, ist urheberrechtlich geschützt. Jede Verwertung ist ohne Zustimmung des Verlages und des Autors unzulässig. Dies gilt insbesondere für die elektronische oder sonstige Vervielfältigung, Übersetzung, Verbreitung und öffentliche Zugänglichmachung.

Was du bist,

ist nicht so wichtig

–

Was du draus machst,

das macht dich aus

Für meine Familie

und all die Kumpel, Begleiter, Freunde,

von denen einige schon gegangen sind

Inhalt

I Aufbruch

Am späten Vormittag waren sie mit den Rädern in die Stadt gefahren, denn der Junge würde am kommenden Montag einen Kittel benötigen. Man hatte ihm gesagt, ein grauer Arbeitskittel mit Brusttasche und zwei großen Seitentaschen sei das Richtige, keine Latzhose, kein Blaumann oder Sonstiges, ein normaler Kittel eben. An seinem ersten Arbeitstag wollte der Junge ordentlich ausgestattet sein, und bei Eickhoff am Westtor wurden Mutter und er schnell fündig. Die kleinste Größe passte für den Dreizehnjährigen; er würde noch Zeit haben reinzuwachsen.

Kurz nach Mittag waren sie rechtzeitig zurück, damit Mutter das Essen vorbereiten konnte – weil Freitag war, selbstverständlich fleischlos, wie es sich für eine katholische Familie gehörte. Bald würden die Mädchen aus der Schule kommen. Die beiden kleinen Brüder spielten unter der Aufsicht von Tante Katharina. Also blieb dem Jungen noch etwas Zeit.

»Ich gehe mal zu Oma und zeige ihr meinen Kittel«, rief er seiner Mutter zu und verschwand nach oben in den ersten Stock, wo Oma und Tante Katharina zwei Zimmer bewohnten.

Oma saß wie immer in ihrem tiefen Sessel am Fenster und hatte das dicke und abgegriffene Gebetbuch auf den Knien. Seine Brüder beschäftigten sich in einer Ecke mit ihren Wiking-Autos und Oma hatte einen Besucher.

Onkel Franz, Omas Schwiegersohn und auch schon lange Rentner, wohnte ein Haus weiter und war auf ein Schwätzchen vorbeigekommen. Onkel Franz kam oft zu Besuch. Immer wenn er seinen Spaziergang machte, schaute er rein, und Oma schätzte diese kurzweiligen Unterbrechungen ihres Alltags sehr. Mit ihren siebenundachtzig Jahren ging sie so gut wie gar nicht mehr vor die Tür. Nicht mal zur sonntäglichen Messe.

Da ließ sie den Pastor lieber ins Haus kommen, um die Beichte abzulegen und die heilige Kommunion zu empfangen.

Der Junge stürmte ins Zimmer und hielt den Kittel hoch. »Schau, Oma, Tach, Onkel Franz, ich habe jetzt einen eigenen Kittel, haben wir eben gekauft.« Er faltete ihn auseinander und schlüpfte rein. »Na, wie findet ihr das, wie sehe ich aus?«, fragte er stolz die beiden Älteren.

Onkel Franz war irritiert. »Was willst du denn mit einem Kittel? Das tragen nur Meister. Stifte gehören in einen Blaumann.«

Oma lächelte nur und bemerkte, dass der Junge aber noch würde wachsen müssen.

»Das ergibt sich schon, da sei man ganz unbesorgt«, beruhigte Onkel Franz sie.

»Also mir hat man gesagt, ich soll einen Kittel kaufen«, rechtfertigte sich der Junge.

»Was sind denn das für Sitten?«, fragte Onkel Franz, »wie heißt das noch, was du da lernen sollst?«

»Ich lerne Radio- und Fernsehmechaniker und am Montag geht's los.« Der Junge strahlte vor Stolz und Freude.

Doch Onkel Franz war noch skeptisch. »Na, dann sei man vorsichtig«, lachte er, »es heißt ja, Montag wird nicht wochenalt.«

Nun wirkte der Junge verunsichert. »Wie, wochenalt? Das habe ich ja noch nie gehört, was bedeutet das denn?«

»Man sagt das so, ist halt eine alte Weisheit«, antwortete der Onkel, »wer montags seine Arbeit beginnt, der behält sie nicht lange.«

Das reichte Oma. »Nun lass man gut sein, Franz, der Junge ist schon recht so. Der macht das richtig. Nun mach ihm mal keine Angst.«

Sein erster Arbeitstag überhaupt und speziell als Lehrling war der erste April – und der fiel auf einen Samstag. In der Firma hatte man ihm aber bedeutet, dass er erst am folgenden Montag beginnen sollte; samstags würde sich niemand um ihn kümmern können. Ein böses Omen also, wenn es nach seinem Onkel ging.

Der Junge hielt das für Papperlapapp, schlichtweg dummes Zeug. Doch wie das so war, manche Dinge blieben immer präsent, wenn auch nur ein kleines bisschen. Und dieser Spruch seines Onkels gehörte zu den Erinnerungen, die den Jungen immer begleiteten, wenn er etwas Neues begann, und zuweilen beschlich ihn dabei ein seltsames Gefühl.

Ab Montag also würde er Lehrling sein, Stift in einem Handwerksberuf. Der Junge hatte die Volksschule mit, sagen wir mal, einigermaßen passablen Ergebnissen beendet und nun, drei Monate vor seinem vierzehnten Geburtstag kam er in die Lehre. Man nannte das Lehre und nicht Ausbildung, und so hießen denn die, die in die Lehre gingen, Lehrlinge und wurden allgemein Stifte genannt. Und da Frauen in Handwerksberufen, abgesehen von Friseuren, zu dieser Zeit außerordentlich selten waren, kannte man auch keine Stiftinnen. Auch keine Auszubildenden, was ja weitaus vornehmer klingt. Man war, aus der Sicht Nachgeborener, politisch völlig unkorrekt, doch das störte niemanden.

Schon lange bevor die Schule zu Ende ging und eine Berufswahl anstand, war der Junge angetan von allem, was mit Rundfunktechnik zu tun hatte. Das faszinierte ihn. Aber der Beruf des Elektrikers, des Strippenziehers war ihm nicht recht. Er wollte Radio- und Fernsehtechniker werden.

Der Junge kam aus einer Handwerkerfamilie. Sein Vater war gelernter Schreiner, genau wie sein längst verstorbener Großvater; und Opa Josef, der Vater seiner Mutter, hatte auch Tischler gelernt. Onkel Franz hatte zwar nach dem Krieg für viele Jahre in der Stadtverwaltung gearbeitet, war aber davor ein Tischlermeister gewesen. Büroleute, Menschen, die am Schreibtisch mit Papier und vor allem mit Kopfarbeit ihr Geld verdienten, hatte es bis in die Generation seines Vaters in der Familie nicht gegeben. Erst die zum Teil erheblich älteren Vettern und Cousinen des Jungen hatten andere als Handwerksberufe ergriffen. Zwei seiner Vettern studierten sogar, obschon die Eltern nur einfache Arbeiter, eben Handwerker waren.

Der Junge hatte keinerlei Vorstellungen, was ihn in seinem Wahlberuf erwartete. Es war ihm zwar klar, dass der Beruf in erster Linie darin bestehen würde, Rundfunkgeräte, Fernseher, Plattenspieler und alles, was an Geräten der Unterhaltung diente, zu reparieren. Aber dass das Verständnis für diese Technik, das theoretische Rüstzeug, ohne das es nicht ging und das zu erlernen war, ganz und gar aus Physik und Mathematik bestand, und dass normalerweise nur Schüler mit mittlerer Reife oder gar Abitur in diesen Beruf kamen, das war ihm nicht bekannt und hatte ihm auch niemand gesagt. Eine Beratung im letzten, dem achten Schuljahr der Volksschule hatte nicht stattgefunden, war gar nicht angeboten worden, weil der Junge ja wusste, was er wollte.

Seine Familie und die seines zukünftigen Lehrherren waren einander nicht unbekannt und so bekam er die Lehrstelle, ohne dass über Neigungen und Fähigkeiten gesprochen oder gar eine entsprechende Begabung getestet wurde. Das war beiderseitig bedingt, denn der zu erlernende Beruf war aus dem des Elektrikers hervorgegangen und hatte sich daraus mit der komplexer werdenden Technik abgespalten.

Zum Zeitpunkt seines Lehrantritts wussten weder sein Lehrherr noch die Berater, die gelegentlich in die Schulen kamen, das Berufsbild so recht einzuordnen. Es war ein Handwerksberuf und für solche waren Volksschüler geeignet. Punkt. Was sollte da groß geprüft werden? Allenfalls ging es noch darum, dass die physische Belastbarkeit von einem Schularzt begutachtet wurde und dieser eine Empfehlung aussprechen konnte. So wurden körperlich unterentwickelte und schwächliche Schüler vom Beruf eines Automechanikers ferngehalten und bekamen dafür die Empfehlung, doch lieber eine Lehre als Anstreicher oder Friseur zu machen.

In Wirklichkeit lag die Begabung des Jungen, das hatte sich in den acht Jahren Volksschule deutlich gezeigt, in den kreativen, eher unformatierten Lebens- und Berufsbereichen. Ebenso deutlich lag seine Begabung nicht im mathematisch-physikalischen Sektor. Seine Begeisterung für die Rundfunktechnik hatte ihren Ursprung denn auch mehr in dem faszinierenden Medium und weniger in der Technik.

Er würde nun einen Beruf lernen, der die Grundlage für sein ganzes Leben sein würde, die rote Linie, die Orientierungsschnur für weitere berufliche Entscheidungen. Denn auszuprobieren, zu prüfen, ob es denn passte, und gegebenenfalls zu verwerfen und neu zu probieren, das war gänzlich unvorstellbar. Man hatte sich zu entscheiden und dabei blieb man. Punkt.

Der Junge kam gerade recht in eine Zeit, die Sechziger, die sich durch viele und nachhaltige Umbrüche auszeichnete. Im Gegensatz zu früheren Generationen, in denen man gewöhnlich ein Leben lang in einem einmal erlernten Beruf blieb, deutete sich in dieser Dekade ein Paradigmenwechsel an.

Das ungebremste Wachstum nach dem Zweiten Weltkrieg bekam jetzt das erste Mal Dellen. Plötzlich waren Kohle und Stahl aus heimischer Produktion zu teuer. Werksschließungen drohten. Die Arbeiter verloren zu Tausenden ihre Jobs und mussten woanders unterkommen. Mancher, der jahrelang Kohle gefördert hatte, fand sich nun am Fließband eines Autobauers wieder.

Politikern, Gewerkschaften und Managern wurde langsam, aber stetig klar, dass ein Umbruch bevorstand. Die sogenannten alten, traditionellen Industrien würden mehr oder weniger schnell verschwinden und neue Techniken, Produktionen und Produkte an ihre Stelle treten.

Eine entscheidende Rolle würden die Elektrotechnik und, innerhalb dieses großen Feldes, die Nachrichtentechnik und die Digitalisierung spielen. Auch wenn dieses Wort noch niemand gebrauchte, die Richtungen zeichneten sich schon ab. Im Wettbewerb der Weltmärkte musste das Land konkurrenzfähig bleiben. Japan saß Deutschland buchstäblich im Nacken und trieb Land und Technik – zuerst in der Nachrichtentechnik, dann in der automatischen Fabrikation und schließlich im Automobilsektor – vor sich her.

In jener Zeit dauerte die Freigabe eines neuen Telefonapparates in Deutschland gut zehn Jahre und die Post hatte das Monopol darauf. Zur Ehrenrettung der Post muss man sagen, dass dieses Produkt dann aber auch Jahrzehnte stabil war. Aber immer weniger Menschen wollten ein Produkt, und sei es noch so stabil, über Jahrzehnte benutzen.

In Japan und Amerika dagegen kamen Produkte viel schneller auf den Markt. Konsumartikel wie Radios, Fernseher und Küchengeräte waren dort erheblich preiswerter, schicker und in vielen Modellen verfügbar. In Deutschland dagegen war man technisch betulich, aber solide.

Viele traditionsreiche Firmen, die erfolgreich Radios, Fernseher und andere Geräte gebaut hatten, verpassten in diesen Jahren den Zug der Zeit und andere Anbieter, meistens Firmen aus dem Ausland, traten dynamisch an ihre Stelle. Nichts schien mehr für immer gemacht. Viele Unternehmer hatten die Zeichen erkannt und handelten. Der Ingenieur Heinz Nixdorf hatte als erster Deutscher einen massentauglichen, bezahlbaren Computer erfunden und vermarktete ihn bereits erfolgreich, vor allem an mittelgroße Unternehmen. Der Markt florierte und es gab viel zu tun. Wer flexibel war und offen für Neues, war dabei. Andere gingen unter.

Mit dem Beruf, den der Junge nun erlernen sollte, würde er eine Grundlage erhalten, die ihm Türen in Bereiche öffnen konnte, die zum Zeitpunkt seiner Berufswahl noch gar nicht bekannt oder vorstellbar waren.

Auch wenn dann so manches anders kam, als es geplant war, so spiegelt das nicht etwa Tragödien, sondern den normalen Lauf des Lebens wider. Noch naiv und staunend, doch offen für alles, was sich ihm bieten würde, betrat er die Bühne.

Aber lassen wir ihn doch selbst erzählen.

Der Laden

Frau Schlesier, die Chefin, sah es nicht gerne, wenn ich die offizielle, die breite und mit Teppich belegte, leicht geschwungene Treppe zu den eleganten Verkaufsräumen im ersten Stock nahm, wo sich auch die Büros befanden. Bereits in den ersten Wochen meiner Lehrzeit hatte sie mich beiseite genommen, »Hör mal her, nimm bitte die hintere Treppe, wenn du nach oben willst. Diese hier ist für Kunden reserviert«, und dabei einen vielsagenden Blick auf meinen leicht angeschmutzten grauen Kittel geworfen. Ich war der Lehrjunge und natürlich duzte sie mich. Das war gang und gäbe und galt natürlich für alle anderen genauso.

Ich nahm also, wann immer ich in den oberen Verkaufsraum oder eines der Büros wollte, den Aufgang im hinteren Treppenhaus; eine unverputzte, roh gemauerte Stiege ohne Geländer und vollgestellt mit Kartons. Das war der Weg für das Personal, zumindest für uns aus der Reparaturwerkstatt, wenn wir zur einzigen Toilette des Hauses wollten oder sonst irgendetwas im ersten Stock zu erledigen hatten.

Wir waren – unbestritten – das erste Geschäft am Platze, wie man führende Läden in einer Stadt nannte. Mitten in der Hauptgeschäftsstraße prangte der Name »Elektro-Radio SCHLESIER« in gelber Leuchtreklame über der respektablen

Schaufensterfläche, hinter der immer die modernsten Radios, Fernseher, HiFi-Anlagen und Haushaltsgeräte ausgestellt waren. Wir hatten nicht nur die größte Verkaufsfläche, sondern auch das neueste und eleganteste Sortiment. Sogenannte High-Fidelity-Anlagen von Wega, Braun oder Saba waren zwar keine Massenware, konnte man aber bei uns bewundern und kaufen.

Bekanntermaßen waren wir nicht billig. Die Menschen, die bei uns kauften, gehörten nicht zu den Armen der Stadt. Unsere Kunden waren gutverdienende Angestellte und höhere Beamte, selbstständige Handwerker, Geschäftsinhaber, Unternehmerfamilien und der obere Klerus. Wer bei uns ein Tonbandgerät, einen Plattenspieler, einen Fernseher oder auch eine Lampe kaufte, der wusste, dass er erstklassige Qualität und einen erstklassigen Kundendienst bekam. Letzteres war zwar für jedes Geschäft im Handwerk selbstverständlich, aber der Chef wusste das herauszustellen. Er war ein guter Kaufmann und wusste, worauf es im Handel ankam.

Der Publikumsmagnet aber war die Abteilung für Schallplatten, die weit über die Grenzen der Stadt bekannt war und regelmäßig auch Käufer anlockte, die weiter entfernt wohnten. Dies war einzig der Verdienst von Melanie Semmler, Fräulein Melanie. Mittelgroß, schlank und mit pechschwarzen, halblangen und leicht gelockten Haaren war sie wohl die weitaus attraktivste unter den weiblichen Angestellten. Sie war sehr nett und es war schwer, sie nicht zu mögen. Ich war wohl ein bisschen verknallt in sie.

Melanie hatte eine hohe Affinität zu allem, was italienisch war. Sie beherrschte die Sprache nahezu perfekt und hatte nach einigen Urlauben in Italien begonnen, Schlagerplatten mitzubringen, die sie im Laden abspielte. Italienische Schlager waren sehr beliebt, denn nur zwei Jahre vorher hatte Rocco Granata seinen Megahit »Marina« herausgebracht, der sich in Deutschland verkaufte wie geschnitten Brot.

Außerdem gab es viele Gastarbeiter in der Stadt, überwiegend Italiener, und auch zwei italienische Eisdielen in der Innenstadt. An manchen Sonntagen war die Stadt voll von flanierenden Italienern, meistens junge, alleinstehende Männer.

So war es kein Wunder, dass sich das Plattenangebot wie ein Lauffeuer unter den italienischen Gastarbeitern herumsprach und es nicht lange dauerte, bis der Laden voll mit ihnen war. Sie kauften nicht nur italienische Platten, sondern den Plattenspieler gleich dazu – meist keine HiFi-Anlagen, sondern einfache Abspielgeräte von Philips, Grundig oder Telefunken.

Der Chef übertrug Melanie schon bald die Leitung der Abteilung und ließ ihr freie Hand beim Einkauf. Diese Entscheidung sollte er nie bereuen. Melanie hatte offensichtlich in jeder Beziehung einen ausgezeichneten Musikgeschmack.

In jener Zeit begannen die Leute vermehrt, ihr Geld für mediale Unterhaltung auszugeben. Qualität war gefragt, und das zeigte sich auch im Angebot an Musikabspielgeräten. Stereo und High Fidelity waren angesagte Neuerungen und der Schallplattenmarkt boomte. Die seriöse Beratung in unserem Geschäft sprach sich herum und immer mehr Kunden verlangten nach hochwertiger Ware.

Aus diesem Grunde wurde die Abteilung erweitert. Viele Kunden wollten, bevor sie eine Platte kauften, »mal reinhören«, wie das genannt wurde. Immerhin lag der Preis für eine Langspielplatte bei zweiundzwanzig bis dreißig Mark und für eine Single bei fünf Mark. Das war also kein billiger Spaß. Darum gab es in der Abteilung einen Tresen mit fünf Plattenspielern. Die Bedienung legte eine gewünschte Platte auf und der Kunde konnte sie am Tresen über einen Kopfhörer anhören.

Die Ansprüche der Kundschaft stiegen und so wurden nun zwei Kabinen eingebaut. In jeder waren hochwertige Lautsprecher unsichtbar angebracht und über einen Stereoplattenspieler wurde die gewünschte Musik dargeboten. Der Kunde konnte sich so in seiner Kabine wie in einem Konzertsaal fühlen, was besonders für klassische Musik ein wichtiges Angebot war. So dauerte es nicht lange, bis unser Geschäft auch auf diesem Gebiet weit und breit marktführend war. Es gab viele Versuche, Fräulein Melanie abzuwerben. Aber sie blieb standhaft und im Dienste der Firma.

Ich hielt mich immer gerne im Laden auf. Manchmal erhielt ich den Auftrag, im Verkaufsraum etwas zu montieren, mal ein neues Antennenkabel, mal eine Steckdose. Das machte ich gern, denn dort war es im Gegensatz zu den Werkstätten immer hell und sauber, und ganz besonders stolz war ich, wenn mich mal ein Kunde ansprach und ich eine Frage beantworten konnte.

An einem Vormittag hatte ich im Ausstellungsraum zu tun, als mich ein Kunde ansprach und die Vorführung eines Fernsehers wünschte. Er war wohl im Geschäftstrubel unbemerkt über die Treppe nach oben gelangt, was völlig unüblich war, denn es gehörte zur Geschäftskultur, dass jeder Kunde von einer Verkäuferin oder der Chefin in die oberen Räume begleitet wurde.

Jetzt aber waren alle beschäftigt und so wandte er sich an mich. Also fing ich an, seine Fragen zu beantworten und ihm die unterschiedlichen Modelle zu erklären. Dazu führte ich ihn in den halboffenen und extra für Vorführungen gestalteten, abgedunkelten Raum. Vor einem ebenfalls dunklen Vorhang waren die verschiedenen Modelle der Hersteller im Halbkreis aufgebaut. Alle Geräte waren an das Antennensystem angeschlossen und gewöhnlich eingeschaltet. Vormittags zeigten sie das einzig verfügbare Testbild und nachmittags das einzig verfügbare Programm, nämlich das Erste. So bezog sich die Gerätedemonstration im Wesentlichen auf das Design und die Bedienung, zum Beispiel die Kontrasteinstellung und Ähnliches.

Herr Schlesier, der gerade einen anderen Kunden bediente, hatte die Sache wohl aus den Augenwinkeln bemerkt. Er löste mich nach kurzer Zeit ab und übernahm den Kunden.

Diese Episode machte mir großen Spaß und berührte eine Seite in mir, die ich nicht erklären konnte. Dass meine wahre Begabung keineswegs in der Technik, sondern im Beratungs- und Verkaufsgeschäft liegen könnte, davon ahnte ich nichts. Aber da waren viele Weichen schon gestellt.

Von Röcken und Stiften

Mein Arbeitsplatz war die Werkstatt. Dort wurden sämtliche Geräte repariert, die der Unterhaltung dienten, also Radios, Fernsehgeräte, Plattenspieler und Tonbandgeräte.

Wir waren zu dritt und meine Kollegen hätten dem Alter nach meine Väter sein können. Zu Anfang waren beide mir gegenüber etwas zurückhaltend, denn ich war ihr erster Lehrling. Doch diese anfängliche Vorsicht erledigte sich bald.

Heinz, der ältere, war schon an die fünfzig. Vor dem Krieg war er Berufssoldat gewesen und hatte seinen Militärdienst in der Kavallerie geleistet. Danach hatte er eine Tätigkeit im aufstrebenden Elektrogewerbe gefunden. Er hatte nie eine entsprechende Lehre oder Ausbildung gemacht, sondern sich sein Wissen selbst beigebracht und durch Erfahrungen erlernt. Er war von echtem Schrot und Korn. Für Heinz war ein Sakko keine Jacke, sondern ein Rock.

Heinz war mehr für die Dinge zuständig, die sich im Kundenkontakt abspielten, und lieferte neue Geräte aus, installierte sie und baute die notwendigen Antennen dazu. Es war üblich, dass Kunden Reparaturen telefonisch im Büro meldeten. Die Anrufe wurden in ein Buch eingetragen und Heinz fuhr dann raus und arbeitete die Aufträge der Reihe nach ab. Wenn möglich, sollte der Gerätefehler direkt beim Kunden, an Ort und Stelle behoben werden. Solange einfache und offensichtliche Fehler zu beheben waren, geschah das in der Wohnung des Kunden. In allen anderen Fällen – und das waren die meisten – brachte Heinz das Gerät mit in die Werkstatt und lieferte es nach der Instandsetzung wieder aus. Als Lehrling war ich sein Gehilfe und begleitete ihn zu den Kunden.

Mein zweiter, weitaus jüngerer Kollege, so um die vierzig Jahre alt, war Herbert. Er war zwar ebenfalls im Krieg gewesen, hatte aber im Gegensatz zu Heinz danach eine Ausbildung zum Funktechniker erhalten und wollte nun im Fernstudium seinen Meisterbrief im Radio- und Fernseh-Handwerk erwerben. Danach wollte er sich selbstständig machen. Herbert war, in technischer Hinsicht, mein eigentlicher Ausbilder.

Heinz, klein und drahtig, mit den krummen Beinen eines Reiters und sehr starker Overstolz-Raucher, und der großgewachsene, etwas grobschlächtige Herbert bildeten ein kongeniales Paar. An ihnen würde ich mich in den Jahren meiner Lehrzeit orientieren können und müssen. Ich war gerne mit ihnen zusammen.

Unsere Firma bestand aus zwei Geschäftsbereichen. Da war der jüngere Betriebsteil, das elegante Geschäft in der Innenstadt, wo auch mein Arbeitsplatz war, und es gab den älteren, das Installationsgeschäft, die eigentliche Keimzelle des Unternehmens. Für diesen Teil war der Bruder des Chefs, Fritz Schlesier, zuständig. Der Vater der beiden war ebenfalls Elektromeister gewesen und hatte um die Jahrhundertwende wesentlich zur Elektrifizierung der Stadt beigetragen. Somit existierte die Firma in der zweiten Generation. Das Ladengeschäft war aber weitaus der größere und dominierende Teil des Betriebs.

In der Elektroinstallation arbeiteten nur noch wenige Gesellen, obschon das mal ganz anders gewesen war. Nach dem Krieg und bis in die späten fünfziger Jahre hatten wohl einige Dutzend Leute auf der Lohnliste gestanden. Doch das war vorbei und längst Vergangenheit. Fritz beschäftigte nur noch drei, zuweilen vier Elektriker.

Als Handwerksmeister hatte Fritz zwar meinen Lehrvertrag unterschrieben, denn offiziell durften weder Heinz noch Herbert Lehrlinge ausbilden, weil sie keine Meisterprüfung vorweisen konnten, doch ich hatte kaum mit ihm zu tun – und das war gut so, denn Fritz hatte etwas antiquierte Vorstellungen von der Ausbildung eines Lehrlings. Außerdem verstand er nichts von der Rundfunktechnik. Ich orientierte mich in erster Linie an Heinz. Er war in vielen handwerklichen Dingen mein Meister. Von ihm konnte ich lernen, und das nicht nur in beruflicher Hinsicht.

Die Werkstatt im hinteren, weniger eleganten Teil des Geschäftshauses erreichte man entweder über den Laden oder, für uns üblich, über einen ungepflasterten und oft matschigen Hof. Sie lag im Souterrain und nur die Fenster im oberen Drittel schauten aus dem Boden. So kam zwar Licht herein, rausschauen konnte man aber nicht, es sei denn, man stieg auf einen Stuhl, um ein Fenster zu öffnen. Es war ein typischer Hinterhof, wie er noch an vielen Gebäuden zu finden war, die im Krieg zerstört worden waren. Man hatte wieder aufgebaut, aber den Schutt teilweise liegen lassen. Das sollte sich erst ändern, als der Wert der Hinterhöfe für Neu- oder Erweiterungsbauten erkannt wurde.

An den Wänden der Werkstatt ringsum befanden sich Tische, auf denen wir die zu reparierenden Geräte abstellten. Dort hatten auch alle Werkzeuge Platz, mit denen wir gewöhnlich arbeiteten. Im Wesentlichen waren das Messinstrumente, Lötkolben und diverse feinmechanische Werkzeuge, wie Seitenschneider, Spitzzange und Schraubendreher.

Im düsteren Treppenhaus direkt vor der Werkstatt lagerten wir die Geräte, die noch repariert werden sollten oder bereits fertiggestellt waren. Dieser Teil des Hauses war ganz und gar nicht elegant, sondern eher gefährlich unfallträchtig. Dass in all der Zeit niemand von der Treppe fiel, war wohl Glückssache.

Im Winter war der nur etwa dreißig Quadratmeter große Raum beheizt und es war einigermaßen erträglich, doch im Sommer war es heiß und stickig. Herbert, der eine empfindliche Haut hatte, lief alle paar Stunden an die frische Luft, weil er es dort nicht so lange aushielt.

Ausgestattet war die Werkstatt mit allem, was man für unsere Arbeit benötigte, aber auch nicht mehr! Technisch gesehen arbeiteten wir mit dem untersten Standard. Das konnte ich zu Anfang nicht beurteilen, wurde aber mit fortschreitender Lehrzeit zu einem Problem. Doch der Chef, der genau wusste, dass nicht die Werkstatt, sondern der Laden das Geld verdiente, investierte nur das Nötigste.

Die meisten Materialien, die wir für unsere Arbeit brauchten, hielten wir vorrätig. Im Grunde waren das die Dinge, die in einem Radio oder einem Fernseher kaputt gehen können: Röhren, Widerstände, Kondensatoren und Dutzende andere Teile mehr. Denn zu jener Zeit waren diese Geräte noch zu einem erheblichen Teil mit Mechanik ausgestattet. Die Einstellung eines Senders im Radio wurde über mechanische, sogenannte Drehkondensatoren vorgenommen. Verschmutzten diese nach Jahren des Gebrauchs, gab es störende Geräusche beim Sendungsempfang. Sendkanäle, Lautstärke, Kontraste und die Helligkeit eines Bildes oder die Feinabstimmung eines Radiosenders, alles ging über mechanische Bauteile, die einzeln ersetzt werden konnten. Als besonders empfindlich erwiesen sich die Antriebe von Plattenspielern und Tonbandgeräten, denn sie funktionierten ausschließlich mechanisch. Ein ausgeleierter Antriebsriemen konnte den Hörgenuss empfindlich beeinträchtigen.

Heinz sagte oft, dass unsere Arbeit mit der eines Arztes vergleichbar sei. Und tatsächlich, ein defektes Fernsehgerät löste bei den Kunden zuweilen Panik aus. Wir waren, was dies anging, immer gern gesehen und trugen zum häuslichen Wohlbefinden bei – in vielerlei Hinsicht.

Jedes Vierteljahr kam ein Vertreter eines renommierten Großhändlers und dann besprach Herbert mit ihm die Bestellungen. Diese Besuche waren sehr interessant für mich und ich hörte aufmerksam zu. Außerdem hatte der Vertreter immer ein Geschenk dabei. Mal waren es Zigaretten, zu Weihnachten Alkohol und Zigarren, aber auch mal ein Werkzeug, eine besondere Zange oder Ähnliches.

Niemand wäre auf die Idee gekommen, solcherart als Bestechung anzusehen. Das gehörte zu einer gut funktionierenden Geschäftsbeziehung. Bestechung hätte dem Vertreter ohnehin nichts genutzt, denn wenn Material gebraucht wurde, das nicht vorrätig war – und das kam mindestens zweimal in der Woche vor –, dann schwang ich mich aufs Fahrrad und fuhr zum etwa zwei Kilometer entfernten Großhandel. Hier bekam man alles, was in unserem Handwerk gebraucht wurde, hochwertige Werkzeuge und nahezu alle Bauteile. Das Gleiche galt für das gesamte Antennenmaterial. Nur die Besenstiele zum Befestigen der Antennen auf den Dachböden bezogen wir in Haushaltwarengeschäften.

Zu den Ritualen einer Ausbildung gehörte es, dass der Stift zu Beginn seiner Lehrzeit erst einmal kräftig verarscht wurde. Das konnte auf unterschiedliche und manchmal auch brutale Art und

Weise geschehen. Herbert hatte sich für mich aber eine einfache, fast schon akademische Variante ausgedacht. Bei meinem ersten Ausflug zum Großhandel bekam ich den Auftrag, allerlei Material einzukaufen. Außerdem sollte ich einen Eimer grünen Gleichstrom mitbringen.

Ich schrieb alles auf und fuhr los, obwohl mir klar war, dass da etwas nicht stimmte. So viel wusste ich, Gleichstrom gab es nicht in Eimern. Aber man konnte ja nie wissen, welches Idiom sich hinter dieser Bezeichnung verbarg.

Also gab ich im Großhandel die Bestellung auf. Der Mann hinter dem Tresen kannte natürlich solche Spiele, verzog keine Miene und eilte nach hinten in die Lagerräume, um alles zusammenzustellen. Schließlich kam er mit einem Karton zurück und drückte mir dazu noch einen Eimer in die Hand. Ich unterschrieb und fuhr zurück. Im Eimer befand sich natürlich – was sonst? – alte Farbe. Zurück in der Werkstatt sortierte ich die Sachen ein und stellte Herbert den Eimer auf den Tisch. Er grinste mich an, wissend, dass ich das harmlose Spiel durchschaut hatte.

Stand ein Gerät zur Reparatur an, so wurde zuerst eine Reinigung des Inneren nötig, die typische Arbeit eines Stifts im ersten Lehrjahr. Dazu gab es einen speziellen Staubsauger, und so war das Erste, was ich lernte, dass Elektrizität mächtig Staub anzieht. In den meisten Radios und Fernsehern, einige waren schon Jahre alt, sah es buchstäblich düster aus. Die Röhren, die eine beträchtliche Hitze entwickelten, zogen den Staub nur so an und waren meistens mit einer dicken Schicht ummantelt. In einem alten Radio fand ich einmal eine mumifizierte Maus.

Wenn wir nicht unterwegs bei Kunden waren, dann arbeiteten wir oftmals zu zweit, manchmal zu dritt in der kleinen Werkstatt. Und passte ich beim Öffnen der Geräte nicht auf, fiel eine Menge Dreck heraus, was dann bei meinen Kollegen zu einem heftigen Hustenanfall und dem wütenden Ausruf »Verdammt noch mal, Junge, pass doch auf!« führte. Der Zeit gemäß waren Heinz und Herbert Raucher und wären nie auf die Idee gekommen, diese Leidenschaft zu reduzieren. Gehörte es doch zum guten Ton, dass selbst in hochseriösen Sendungen und Filmen auf Teufel komm raus gequalmt wurde.

Auch wenn unsere Bude eng und leicht schmuddelig war und vieles zu wünschen übrig ließ, dieser Ort wirkte auf mich zuweilen heimelig und ich fühlte mich nicht unwohl.

Herbert sah das anders. Mindestens einmal die Woche platzte ihm der Kragen und er lief haareraufend raus. Dabei schimpfte er auf den Chef, der keine besseren Arbeitsplätze zur Verfügung stellte. Wirklich ärgerlich aber wurde es, wenn sich mal wieder zeigte, dass die technische Ausstattung, zum Beispiel an Messgeräten, mangelhaft war. Das traf dann Herbert als den technischen Experten unserer kleinen Crew besonders.

Droben auf den Dächern

Die meiste Zeit war ich fast ausschließlich mit Heinz unterwegs bei Kunden und nur an wenigen Tagen in der Woche in der Werkstatt. Mir gefiel das außerordentlich gut. Oftmals hatten wir erhebliche Strecken über Land zurückzulegen und besuchten mehr als ein halbes Dutzend Kunden pro Tag. Als Fahrzeug benutzten wir einen Ford Taunus Kombi, den berühmten mit der Weltkugel vorne an der Kühlerhaube.

Im Jahr 1961 kam das Zweite Deutsche Fernsehen auf. Das war für die Zuschauer zunächst einmal eine gute Nachricht. Die schlechte bestand darin, dass man zum Empfang eine weitere Antenne benötigte, denn das ZDF lief auf einem anderen Frequenzband als das Erste. Für die Händler war das ein gigantisches Geschäft. Da aber die Empfangsleistung unter Dach, gedämpft durch Dachpfannen, oftmals nicht für ein »schneefreies« Fernsehbild reichte, mussten die Antennen auf den Dächern montiert werden. Wir verkauften viel und so gab es nur wenige Dachböden und Dächer in der Stadt, auf denen ich nicht gewesen bin.

Mitunter war die Montage einer Antenne eine nicht ungefährliche Arbeit. Viele Dächer hatten zwar eine Dachluke, die sich nach außen öffnen ließ; häufig aber mussten wir erst einmal ein paar Dachpfannen aufdecken, um nach draußen zu kommen. Diese »Außenarbeiten« waren alsbald immer meine Sache, denn ich war der junge und wendige Stift und außerdem war ich manuelles Arbeiten von zu Hause gewohnt. Für meinen Kollegen Heinz ein Geschenk des Himmels, zumal er in ein Alter kam, wo ihn an manchen Tagen schon mal das Rheuma plagte. »Andenken aus dem Scheißkrieg«, wie Heinz das nannte.

Wenn also ein Ausstiegsloch vorhanden war, wurde eine Metallstange an einem Balken mit Rohrschellen befestigt und durch eine spezielle Dachpfanne aus Kunststoff geführt. An dieser Stange wurden dann die beiden Antennen für das erste und zweite Fernsehprogramm befestigt. Unter Dach war das einfacher, da genügte ein einfacher Besenstiel zur Befestigung.

Wir installierten Antennen bei jedem Wetter und auf jedem Dach, ohne Ausnahme, mochten die Pfannen noch so brüchig sein oder das Dach noch so steil. Manchmal reichte mir Heinz zur Sicherheit einen Kälberstrick an. Den knotete ich um den Bauch, und fertig war die Sicherheitsleine. So ausgestattet turnte ich übers Dach, den First entlang, und montierte die Stangen und Antennen.

Schließlich musste noch das Antennenkabel verlegt werden. Oftmals eine komplizierte Sache, denn neben der akkuraten Funktion sollte die Installation ja auch gut aussehen und die Hauswand nicht verschandeln. Das war dann pures Handwerk im besten Sinne des Wortes. Schief geführte Kabel auf der Hauswand, das gab es bei uns nicht und hätte auch dem Ruf der Firma widersprochen.

So dauerte es nicht lange und ich benötigte keine Wasserwaage mehr, um ein Kabel exakt waagrecht oder senkrecht zu führen. Augenmaß war nämlich eine Sache der Übung und erlernbar!

In dieser Zeit kam ich viel rum und das machte mir reichlich Spaß. Wir arbeiteten im gesamten Landkreis und manchmal sogar darüber hinaus. Ich sah viele Häuser und war in vielen Wohnungen – arme, verwohnte, reiche, protzige, außergewöhnliche und vor allem sehr gediegene Häuser im Stil der fünfziger Jahre.

An einem nebligen Herbsttag hatten wir einen Auftrag, der uns in ein Dorf ins nahe Mittelgebirge führte. Wir sollten einen neuen Fernseher ausliefern und eine entsprechende Antenne bauen. Das Haus war mit sicher über vierhundert Quadratmetern Wohnfläche eher ein Anwesen und die Herberge eines sehr wohlhabenden und landesweit bekannten Adeligen. Das Zimmer, in dem der Fernseher stehen sollte, war wohl an die hundert Quadratmeter groß. Durch riesige bodentiefe Scheiben schaute man weit in ein Tal. Ich war restlos beeindruckt. Der Graf war ein freundlicher und leutseliger Zeitgenosse, kein bisschen abgehoben. Weil wir einen weiten Weg hatten, lud er uns zu einem Imbiss ein, was keineswegs selbstverständlich war. Einige Jahre später lernte ich den Sohn des Hauses in einer Studentenkneipe kennen, in der ich gelegentlich aushalf. Ebenfalls ein netter Kerl.

Zu meinen Aufgaben gehörte es, dafür zu sorgen, dass alles Material, das wir unterwegs benötigten, in ausreichender Menge im Wagen war. Da wir wussten, was uns in dem jeweiligen Gebiet oder Ort empfangstechnisch erwartete, musste ich nur die richtigen Antennen einpacken. Vorzugsweise verbauten wir Antennen und Material, also Schellen, Frequenzweichen und Anschlüsse, von der Firma Hirschmann, einem der damals führenden Hersteller.

Doch einmal, da war ich ein halbes Jahr in der Lehre, war ich in der Materialplanung nachlässig gewesen. Wir arbeiteten bei einem Kunden auf dem Land, wohl an die zwanzig Kilometer entfernt. Als wir das Antennenkabel ziehen wollten, stellte ich fest, dass nur ein Rest von wenigen Metern an Bord war.

Den Kabelring von fünfzig Metern hatte ich liegenlassen, schlicht übersehen, vergessen. Heinz schäumte vor Wut. Ein gehöriges Donnerwetter ging auf mich nieder. Es war heftig. Immerhin mussten wir ja unsere Arbeit unterbrechen, zurückfahren und würden erst am anderen Tag die Arbeit zu Ende bringen können. Heinz ließ nicht locker und schimpfte sich in Rage. Niemand hatte mich bisher in meinem vierzehnjährigen Leben so runtergemacht. Für mich brach eine Welt zusammen und schließlich kamen mir die Tränen; ein Häufchen Elend saß da auf dem Beifahrersitz und Heinz beruhigte sich schließlich ein wenig.

Trotz des ganzen Ärgers erwies sich der Vorfall doch noch als vorteilhaft für mich, denn seitdem gewöhnte ich mir an, mir jeden Arbeitsschritt akribisch vor Augen zu führen, und sagte mir vor, was dazu gebraucht wurde. Ich vergaß nie mehr etwas.

In der täglichen Praxis wurden wir Lehrlinge, und da unterschieden sich die Betriebe kaum voneinander, weitgehend da eingesetzt, wo gerade Not am Mann war. Eine praktische Ausbildung nach Plan und Stück für Stück Wissen und Erfahrungen aufbauend, das passierte im inhabergeführten Handwerk eher selten. So etwas gab es allenfalls in den großen Ausbildungsstätten der Konzerne wie Siemens, bei der Bahn und in der Industrie.

So war denn auch der Ausbildungsstand der Lehrlinge in Handwerksbetrieben höchst unterschiedlich. In Werkstätten mit vielen Lehrlingen waren die Chancen, das Richtige zu lernen, deutlich höher. Die Arbeits- und damit die Lehrbedingungen in den Betrieben unterschieden sich dennoch erheblich. Das ging ganz deutlich aus den Erzählungen meiner Klassenkameraden hervor. Sie arbeiteten zum Teil mit Werkzeugen, mit Instrumenten und Methoden, von denen ich nur träumen konnte. Je größer der Betrieb war, umso methodischer erfolgte die Ausbildung der Lehrlinge. Von all dem konnte bei mir keine Rede sein.

Die Rundfunktechnik war eine hochkomplexe Sache und zuweilen auch sehr abstrakt. Alle Bauteile in einem Gerät, zum Beispiel in einem Fernseher, jede Spule, jeder Widerstand, jeder Kondensator und alles andere, hatten ihre physikalische Funktion. War ein Teil defekt, litten Bild oder Ton oder fielen ganz aus. Um zu verstehen, wie ein Fernsehgerät funktionierte, musste man wissen, wie die Bild- und die Tonfrequenzen durch ein Gerät geführt, wie sie getrennt, moduliert und demoduliert und schließlich in die elektrischen Signale umgesetzt wurden, aus denen ein Bild und ein Ton entstanden. Genau dieses Verständnis sollte die Berufsschule vermitteln. Sie sollte uns das theoretische Rüstzeug für unseren Beruf verschaffen. Zurück in der heimatlichen Werkstatt hätten wir dieses dann in die Praxis umsetzen sollen. Soweit die Theorie.

In unserer Stadt und somit in unserem Handwerkerbezirk waren wir nur zu vier Lehrlingen in unserem Beruf. Einmal in der Woche fuhren wir mit dem Zug in die gut neunzig Kilometer entfernte Großstadt, um die dortige Berufsschule zu besuchen. Ich war der Jüngste in der Runde. Hans, Thomas und Jürgen waren ein paar Jahre älter und hatten die Realschule besucht. Jürgen konnte sogar das Abitur vorweisen und Thomas hatte sich ein Jahr lang in einem anderen Beruf versucht.

Während der Fahrt spielten meine Kumpel gewöhnlich Skat, das ich nicht gut beherrschte. Nur wenn einer fehlte, ließen sie sich herab, mir die Regeln zu erklären. Mir war das recht so. Ich saß viel lieber am Fenster, ließ die Landschaft gemächlich an mir vorbeiziehen und meinen Gedanken freien Lauf. Im Zug konnte ich in völlig andere Welten abtauchen.

Doch wir verstanden uns gut. Außerdem brachten mir die anderen einen gewissen Respekt entgegen, arbeitete ich doch als einziger Lehrling beim unbestritten führenden und vornehmsten Fachgeschäft der Stadt! Das jedoch nützte mir in der Berufsschule nicht viel. Unter den fünfundzwanzig Lehrlingen unserer Klasse, die aus dem ganzen östlichen Ruhrgebiet kamen, waren nur drei, die mit der Volksschule abgeschlossen hatten. Alle anderen hatten die mittlere Reife oder gar das Abitur.

Der wöchentliche Berufsschultag war kein Honigschlecken – für keinen von uns vier, aber mir fiel das theoretische Verständnis für die physikalischen Zusammenhänge besonders schwer. Notentechnisch war ich ein Wanderer zwischen einer Zwei und einer Vier.

In der täglichen Arbeit ließ sich das zwar kaschieren, denn meine Arbeit bestand ja in den ersten beiden Lehrjahren weitgehend aus Kundenbesuchen, Antennenbau und einfachen, oftmals rein mechanischen Reparaturen, zum Beispiel an Plattenspielern und Tonbandmaschinen. Reparaturen mechanischer Art beherrschte ich bald schon perfekt. Gerade bei diesen Problemen reichten oftmals eine gründliche Reinigung der Antriebsmechanik, ein gutes Auge und ein Verständnis vom Ineinandergreifen der Mechanik – schon lief alles wieder.

Die Situation in der Werkstatt machte es nicht einfacher, im Gegenteil, denn ihre dürftige Ausstattung verhinderte, dass ich die gelernte Theorie ausprobieren konnte, oder – und das war der Hauptgrund – ich musste mal wieder Kunden besuchen oder Antennen bei ihnen bauen. Einerseits machte mir diese tägliche Arbeit viel Spaß, aber andererseits wuchs meine Verunsicherung.

Die weitaus interessantesten und für meine Ausbildung wichtigsten Sachen waren aber Reparaturen an Empfangsteilen von Fernsehern und Radios. Das war die Kür. Dann nämlich musste man Frequenzlaufpläne lesen können, etwas über Signalstärken wissen und genau verstehen, an welcher Stelle im Gerät was passierte, damit am Ende ein klares Bild auf dem Bildschirm erschien und ein guter Ton herrschte.

Doch dazu benötigte man nicht nur eine Ausbildung, sondern auch entsprechende Werkzeuge in Form von Messgeräten, zuvorderst einen Oszillographen, mit dem elektrische Signale angezeigt und analysiert werden konnten. Einen solchen gab es zwar in unserer Werkstatt, aber das Gerät stand gewöhnlich eingepackt auf einem Schrank und wurde nur selten bemüht; und auch dann nur von Herbert, weil er als Einziger den Oszillographen bedienen konnte.

Ein zwar eher primitives, für uns aber das weitaus wichtigste Instrument war ein sogenanntes Multimeter, mit dem man per Zeigerausschlag Ströme, Spannungen, Leistungen und elektrische

Widerstände messen konnte. Es gehörte zur Grundausstattung eines Handwerkers, der mit elektrischem Strom zu tun hatte. Und dennoch – der überwiegende Teil aller Reparaturen in der Werkstatt gelang mit diesem Gerät. Fehlendes Werkzeug wurde in vielen Fällen durch Erfahrung wettgemacht.

Langsam und stetig setzte sich bei mir die Erkenntnis durch, dass ich erhebliche Defizite aufwies. Und es sah nicht so aus, dass sich das ändern würde. Doch welche Alternative hatte ich? Aufgeben? Das kam definitiv nicht infrage. Wer wegen besserer Einsicht den Beruf wechselte, galt zumindest in unserer Familie als wenig zuverlässig. Ein Berufswechsel wäre einem Aufgeben gleichgekommen.

So wurde ich ein Fleißarbeiter. Was mir mangels Begabung nicht zuflog, musste, zuweilen mühsam, erlernt werden. Eine Methode, die mir noch sehr helfen sollte.

Freie Zeit

Ich hatte eine Menge zu tun und viele Interessen. Langeweile kam nie auf. Da waren die Pfadfinder, mein Beruf und die Berufsschule, Musik und, nicht zu vergessen, die Arbeit zu Hause.

Seit eh und je hatten wir einen bäuerlichen Nebenerwerbshof, den schon mein Großvater bewirtschaftet hatte. In unserem Stall standen eine Kuh und mindestens zwei, manchmal vier Schweine, die zu füttern waren. Ich wohnte also auf einem kleinen Bauernhof, mit einigen Wiesen und Äckern drum herum.

Die Bewirtschaftung der Äcker, der große Garten, die Versorgung des Viehs, alles wurde durch die Familie erledigt. Jeder musste mit ran und anpacken. Vater und ich waren die Einzigen in der Familie, die einem Beruf nachgingen, und diese Arbeit ging natürlich vor. Da war es dann ab an von Vorteil, dass Vater bei der Bahn arbeitete und häufig Schichtdienst hatte. Wenn er nach einem Nachtdienst geschlafen hatte, dann konnte er oftmals noch den vollen Nachmittag und Abend für die Hofarbeit nutzen. Bei meiner Arbeitszeit, die sich an den Ladenöffnungszeiten orientierte, von halb neun bis halb sieben, blieb da weniger Zeit übrig. Eigentlich nur im Sommer, wenn es länger hell war. Umso mehr musste ich samstags ran. Dann mussten die Ställe gesäubert werden und zuweilen war dazu noch genügend auf den Feldern zu tun.

Für den großen Garten, den wir als Selbstversorger pflegten, waren hauptsächlich Mutter und Tante Katharina zuständig. Wenige Jahre zuvor hatte auch Oma noch kräftig mitgeholfen, aber jetzt war sie dafür zu alt und die Knochen wollten nicht mehr so wie früher. Sie behauptete immer wieder, steif und fest und voller Überzeugung, sie sei nur deshalb so alt geworden, weil sie von klein auf hart arbeiten musste. Tatsächlich war Oma unter sehr harten Bedingungen als Ziehkind auf einem Bauernhof aufgewachsen und hatte ihr Leben lang die Arbeit nicht gescheut.

Auch meine Schwestern, die noch in die Schule gingen, waren tatkräftig eingebunden. Sobald ein Kind groß genug für die Schule war, war es auch groß genug, um mindestens Unkraut zu zupfen.

Doch zu keiner Zeit litten meine anderen Interessen oder die meiner Geschwister unter der häuslichen Arbeit. Wann immer wir zu lernen hatten, ging das vor, und da gab es auch keinen Spielraum. Unsere Eltern achteten streng darauf. Es war ihnen wichtig, dass wir uns – natürlich im Rahmen unserer finanziellen und intellektuellen Möglichkeiten – entwickeln konnten. Nur wenn wir Flausen im Kopf hatten, dann wurde es schwierig für uns. Zu den Flausen gehörte es auch, nichts zu tun. Nie wäre es einem von uns in den Sinn gekommen, abgesehen von Sonntagnachmittagen, einfach mal rumzusitzen, zu lesen oder eben gar nichts zu tun, zu faulenzen.

Gruppendynamik

Bis zum Ende der Volksschule war ich Messdiener in unserer Gemeinde gewesen. Das gehörte sich unter gläubigen Katholiken so und wurde von meinen Eltern und der Verwandtschaft erwartet. Meine wahre Leidenschaft aber gehörte den Pfadfindern, von denen es auch bei uns einen Trupp gab. Direkt nach der ersten heiligen Kommunion – ich war gerade mal neun Jahre alt – trat ich in die Jungpfadfinder ein.

Eigentlich sollte es pro Gemeinde einen Stamm geben, zu dem jeweils eine Jungpfadfinder-, eine Pfadfinder- und eine Rovergruppe gehörten. Mangels Masse war es meistens aber so, dass ein Stamm mehrere Gemeinden umfasste. Besonders die Rover, die über Achtzehnjährigen, waren sozusagen dünn gesät.

Alles, was dazu gehörte, die Kluft, die Gruppenabende, die Spiele, Zeltlager und die praktischen Übungen, das war mein Ding. Zu Anfang trugen wir noch eine grüne Bluse, wie das Hemd genannt wurde, obschon die traditionelle Kluft khakifarben war. Doch das hätte in den frühen fünfziger Jahren zu sehr an die braunen Nazihemden erinnert. Also verpasste man den Pfadfindern kurzerhand eine grüne Kluft, was dann später wieder geändert wurde.

Um die Jahrhundertwende von Robert Baden-Powell, einem britischen General in Südafrika, als

»Boy Scouts« gegründet, hatte sich diese Jugendbewegung schnell in der westlichen Welt durchgesetzt. Ursprünglich wollte Sir Baden-Powell damit nicht nur die Jungs von der Straße holen, sondern sie sollten dazu noch mit einem gesunden Geist in einem gesunden Körper ausgestattet sein.

In diesem Sinne waren auch unsere Unternehmungen. An Wochenenden fuhren wir mit unserer Sippe, das waren fünf bis acht Jungen, oft in umliegende Jugendherbergen und wenn es das Wetter zuließ, dann zelteten wir auch. Meistens waren wir mit drei oder vier Sippen unterwegs.

Unsere Ziele lagen immer so, dass wir sie mit dem Fahrrad erreichen konnten. Für länger dauernde Zeltlager, zum Beispiel über Pfingsten, ging es dann schon mal ins Mittelgebirge, natürlich auch mit dem Fahrrad. Und buchstäblich alles, was wir brauchten, mussten wir mit uns führen und selbst transportieren – und das oftmals mit Dreigang-Torpedo-Nabenschaltungen. Zuweilen eine echte Quälerei. Doch da uns niemand zu solchem gezwungen hatte, murrten wir auch nicht.

Wir lernten viele praktische Sachen, vorwiegend solche, um in der Natur auch ohne großartige technische Hilfsmittel klarzukommen. Karten einnorden, nach Karten marschieren, einen Kompass benutzen, Feuer machen ohne Streichhölzer und Feuerzeug – das waren nach wenigen Monaten Selbstverständlichkeiten. Die meisten von uns hatten ganz normale Fahrräder, ob mit Torpedo-Dreigang- oder einer einfachen Kettenschaltung – das war eher eine Glaubenssache –, viel wichtiger war, dass wir durch unsere Fahrten regelrechte Experten für die Reparaturen an unseren Fahrzeugen wurden. Das alles machte großen Spaß und ich war mit Haut und Haaren dabei.

Ich war ehrgeizig. Wie in jedem Verein und von damaliger Zeit geprägt, gab es bei den Pfadfindern Strukturen und Hierarchien. Wir hatten Sippenführer, die meist gleich alt wie die Jungs in der Sippe waren, aber auch Truppführer, die mehrere Sippen anführten, und in jeder Gemeinde einen Stammesführer, der meist ein paar Jahre älter war.

Mir war aufgefallen, dass die Trupp- und Stammesführer zuweilen unter sich blieben. In Jugendherbergen hatten sie einen eigenen Raum und in Zeltlagern ein eigenes kleines Zelt. Die Hierarchie eines Stammes war an militärische Strukturen angelehnt, nach innen und außen deutlich sichtbar. Mir imponierte das; da wollte ich auch hin. Doch ich war ein ganz normaler Junge mit ganz normalen Fähigkeiten, in meinem Umfeld fast immer der Jüngste und außerdem für mein Alter eher klein. Ich fiel nicht auf. Alles war wie üblich bei mir, ganz durchschnittlich.

Doch Chancen gab es immer. Nun war es aber so, dass unsere Gemeinde Sankt Georg schon seit Jahren keinen eigenen Pfadfindertrupp, geschweige denn einen Stamm hatte. Wir gehörten zur größeren Nachbargemeinde in der Innenstadt. Was wäre also, wenn ich mit ein paar Freunden aus meiner Gemeinde eine Sippe gründen würde? Sozusagen eine Außenstelle. Ich würde diese Sippe führen.

Mein Truppführer hieß Horst Schulte, aber alle nannten ihn Pöppel. Er war einige Jahre älter als ich und ging aufs Gymnasium. Ich erklärte ihm meine Idee und meinen Plan und Pöppel war sofort Feuer und Flamme und gab grünes Licht. Also sprach ich ein halbes Dutzend Jungs an, die ich von den Messdienern oder aus der Schule kannte, und alle waren bereit mitzumachen. Ich konnte mein Glück kaum fassen, denn es stellte sich heraus, dass einer in unserer neuen, in meiner Sippe Gitarre spielen konnte. Das kam einem Hauptgewinn gleich. Denn mit Gitarre ließ sich besser singen – und gesungen wurde viel, besonders wenn es auf Fahrt ging. So erklomm ich die erste Sprosse der Pfadfinder-Karriereleiter.

Einige der angesprochenen Jungen kamen aus Familien, die mir nicht bekannt waren. Ich fand, dass es angebracht war, mich dort mal vorzustellen, denn immerhin würden wir einen erheblichen Teil unserer Freizeit miteinander verbringen.

Ralf war einer von ihnen. Ich war vierzehn und im zweiten Lehrjahr und Ralf gerade mal elf Jahre alt. Für ihn war ich ein großer Junge. Also machte ich mich eines Samstags gegen Abend auf, seine Eltern zu besuchen. Als seine Mutter mir öffnete, stellte ich mich als Sippenführer von Ralf vor. Nun kam auch sein Vater hinzu und beide Eltern waren wohl überrascht, weil sie eine Vorstellung dieser

Art nicht erwartet hatten. Sie zeigten sich sichtlich erfreut und beeindruckt. Auch Ralf war stolz darauf, dass sich der Sippenführer bei seinen Eltern sehen ließ.

Nachdem ich erzählt hatte, dass ich in die Lehre ging und was wir in nächster Zeit bei den Pfadfindern vorhatten, fragte mich Ralfs Vater, ob dieser Besuch meine eigene Initiative sei. Ich wurde sehr verlegen. Das Wort hatte ich vorher nie gehört und wusste nicht, was er meinte. Er bemerkte meine Verlegenheit und formulierte seine Frage anders. Ja, das sei meine Idee gewesen, antwortete ich ihm, was ihm wiederum gut gefiel. Fortan hatte ich seine Unterstützung, wenn Eltern unseren Unternehmungen zustimmen sollten.

Von da an hielt ich auch zu den Eltern der anderen Jungen in meiner Sippe stärkeren Kontakt. Wenn sie wussten, mit wem sie es zu tun hatten und mit wem ihre Kinder unterwegs waren, dann würde es natürlich einfacher sein, ihre Erlaubnis für allerlei Pfadfinderfahrten einzuholen.

Zu den Regeln und Gesetzen der Pfadfinderschaft gehörte es, dass neue Mitglieder zunächst einige Prüfungen absolvieren und das Versprechen ablegen mussten, bevor sie Pfadfinder wurden – äußerlich sichtbar daran, dass sie noch keine Halstücher trugen. Diese Prüfungen waren im Einzelnen genau benannt und in einem kleinen grauen Heft beschrieben, in dem sie auch dokumentiert wurden. Sie bestanden im Wesentlichen aus drei Teilen, und der Wesentlichste war der Pfadfinder-Kodex. Unser oberster Wahlspruch, sozusagen das Leitbild, lautete »Allzeit bereit«. Dazu kamen die zehn Pfadfindergebote und das Pfadfindergebet.

Besonders Erstere hatten sich seit der Gründung der weltweiten Pfadfinderbewegung immer wieder der politischen Weltlage angepasst. Aber ob zu Kaisers Zeiten oder später, immer ging es um Treue, Glauben und – ganz wichtig – die Treue zur Obrigkeit. Die Worte wechselten im Laufe der Jahre, so wie der Zeitgeist, aber der Sinn blieb gleich. So lauteten denn die beiden ersten Pfadfindergebote in meiner Zeit der sechziger Jahre: »Auf die Ehre eines Pfadfinders kann man unerschütterlich bauen« und »Der Pfadfinder ist treu Gott, der Kirche und dem Vaterland«. Erst 1971 sollten diese Gesetze dem liberalen Zeitgeist angepasst werden.

Wir zählten zur Deutschen Pfadfinderschaft Sankt Georg, kurz DPSG, und das war die Organisation der katholischen Pfadfinderschaft. Alles andere wäre für uns natürlich nicht infrage gekommen, alles andere war heidnisch und gab es nur in der Diaspora.

So war es nicht verwunderlich, dass ein weiterer Prüfungsbereich die Religion und die Kirche betraf. Wohlgemerkt, die katholische Sicht der Dinge. Zwar war es keine Bedingung, doch äußerst gern gesehen, wenn Pfadfinder zugleich Messdiener waren. Auf jeden Fall aber sollten sie die wichtigen Gebete wie das »Vaterunser« und die lateinische Form des »Confiteor« beherrschen. Das Letztere war besonders wichtig, weil es als Schuldbekennt-nis gegenüber Gott eine zentrale Rolle in jeder Messe einnahm. Umso bemerkenswerter war aber, dass niemand verlangte, dieses Gebet auch in der deutschen Übersetzung zu kennen.

Letztendlich war der dritte und wohl span-nendste Teil zu bewältigen. Hierbei ging es um die Fähigkeiten im Alltag: ein Feuer entzünden ohne Streichhölzer, das Beherrschen aller wesentlichen Knoten, das Wandern nach Karte und Kompass und einiges mehr. Und natürlich die für jeden As-piranten unverzichtbare individuelle Mutprobe.

Waren schließlich alle Prüfungen gemeistert, dann wurde das sogenannte Versprechen abgelegt. Das war eine höchst feierliche und mystische Ver-anstaltung, die an einem besonderen Ort stattfand. Ein solcher befand sich in einer Jugendherberge in einer alten Burg. Sie war nur etwa drei Stunden mit dem Fahrrad entfernt und gehörte zu unseren be-vorzugten Treffpunkten für allerlei Wochenenden und Veranstaltungen. Im Kellergewölbe lagen die idealen Räume für die Versprechensfeier. Dazu versammelte sich üblicherweise der ganze Stamm, mit oftmals dreißig und mehr Jungen im Alter von zehn bis achtzehn. Nur wenige waren älter, meis-tens Studenten in den Anfangssemestern.

Nachdem alle am Samstag im Laufe des Tages angereist waren, ohne Ausnahme mit Fahrrädern, fand die eigentliche Versprechensfeier in den Abendstunden statt. Dazu wurde in dem alten Gewölbe ein großes Holzfeuer angezündet und außerdem brannte ein gutes Dutzend Pechfackeln. So entstand eine feierliche, aber auch gespenstische Atmosphäre.

Alle Jungen waren vorschriftsmäßig in Kluft angetreten – für die peinliche Einhaltung sorgte schon jeder Sippenführer. Der Stammesführer, meist ein Rover, leitete die Veranstaltung und natürlich waren auch die Jungs dabei, die Gitarre spielen konnten. Denn auch bei solchen Treffen wurde viel gesungen und erst mit begleitenden Gitarren erhielt die Feier die richtige Stimmung. Wir sangen die uns geläufigen und typischen Fahrtenlieder, wie »Jenseits des Tales standen ihre Zelte«, »Wildgänse rauschen durch die Nacht«, »Die blauen Dragoner, sie reiten«, »Hohe Tannen weisen die Sterne« und ähnliche mehr. Nur zum Pfadfindergottesdienst, der dann am folgenden Sonntag stattfand, wurden auch religiöse Lieder gesungen.

Schließlich war es so weit. Fackelbeleuchtet waren wir in einem großen Karree um das zentrale Feuer angetreten und diejenigen, die das Versprechen ablegen wollten, mussten vortreten. Der Stammesführer sprach vor, was die Eleven dann nachsprachen: »Bei meiner Ehre verspreche ich …«, gefolgt von den zehn Pfadfindergeboten.

Schließlich trat jeder der Eleven vor und empfing sein Halstuch mit einem geflochtenen Lederknoten aus der Hand des Stammesführers.

Jetzt waren sie aufgenommen in die Gemeinschaft, richtige Pfadfinder. Diese Riten beeindruckten mich sehr.

Mein Kollege Heinz, der auf meine jugendliche Begeisterung mit wohlwollendem Zynismus reagierte, nannte das, was wir da machten, eine vormilitärische Ausbildung. Ich lehnte empört ab. Was, bitte schön, sollte unser harmloses Treiben denn mit militärischer Erziehung zu tun haben? Ich war in diesen Dingen ahnungslos.

Doch leugnen ließ es sich nicht, dass die gesamte Organisation der Pfadfinderschaft und unser Auftreten stark militärisch gefärbte Züge zeigten. Tatsächlich erinnerte vieles an soldatische Verhaltensweisen. Unsere Lieder hatten schon die Wandervögel zu Kaisers Zeiten, die Naturjugend in den Zwanzigern und ganz sicher die Hitlerjugend gesungen. Nächtliche Versammlungen um lodernde Feuer, Gesang und ein wenig Mystisches, das hatten nicht erst wir erfunden. Sicher, Waffen gab es bei uns nicht. Doch ein ordentliches Fahrtenmesser, getragen am Gürtel wie ein Kurzschwert, gehörte unbedingt zur Grundausstattung. Und niemand von uns fühlte sich unwohl dabei, wenn wir über die Schneidfähigkeit desselben und die Funktion einer Blutablaufrinne bei diesen Messern sprachen.

Heinz aber hatte schon so einiges gesehen im Leben und das, was ich ihm da erzählte, musste ihn doch sehr an das Treiben der Hitlerjugend erinnert haben. Er nannte mich öfter Pimpf.

Auch in den Pfadfinderlagern ging es formal zu wie auf einem Kasernenplatz, zwar ohne die möglichen Sanktionen bei Fehlverhalten, aber doch mit großem Ernst. Bei jedem Morgenappell wurde regelrecht angetreten und wir stellten uns militärgleich in einem Karree auf, immer dem Lagerkreuz zugewandt. Wenn sich zwei Pfadfinder in Kluft begegneten, so grüßten sie einander, wie man es vom Militär her kennt, indem sie die Hand an den Hutrand legten, allerdings nicht mit der Handinnenfläche nach vorne oder unten, sondern die Hand zum Pfadfindergruß geformt. Dabei lag der Daumen der rechten Hand auf dem Nagel des kleinen Fingers. Das bedeutete, der Große beschützte den Kleinen. Eigentlich nicht schlecht …

Jahre später, als ich in der Grundausbildung beim Bund war, wurde mir schnell klar, wie nützlich dieses Pfadfinderwissen war. Einen Großteil der Grundausbildung, abgesehen vom waffentechnischen Teil, beherrschte ich schon. Heinz lag mit seiner gesellschaftspolitischen Einschätzung, wie meistens, völlig richtig.

Hazy, Louis, Nini und die anderen

Einige von meinen Kumpels spielten ein Instrument, machten Musik. Gitarren waren am beliebtesten, was kein Wunder war, denn Rock 'n' Roll, Beatles und Stones hatten Hochkonjunktur. Aber mich faszinierte ein anderes: Ich wollte Trompete spielen – so, wie Hazy Osterwald oder, noch besser, Louis »Satchmo« Armstrong. Dieses Instrument fand ich einfach toll und hinreißend.

Vor einigen Monaten hatte Nini Rosso das Instrumentalstück »Il Selenzio« herausgebracht, das sich anschickte, die Welt zu erobern. Und natürlich hatte ich den Film »Verdammt in alle Ewigkeit« gesehen. Was Montgomery Clift aus seinem Horn und aus dem Mundstück zauberte, nahm mich völlig gefangen. Trompete – das war's!

Weil ich an so vielem interessiert war, hielten meine Eltern meinen Wunsch, Trompete zu lernen, zunächst für die üblichen, schon bekannten Flausen und Tagträumereien ihres Ältesten. Ich konnte sie jedoch überzeugen. Wenn ich nämlich etwas wollte, mir in den Kopf gesetzt hatte, dann blieb ich hartnäckig dabei. Das war nicht das Problem. Es fragte sich aber, und nur das interessierte besonders Mutter, wie lange ich bei der Stange blieb. Klappte eine Sache gut, wie bei den Pfadfindern, dann hielt ich jahrelang die Treue. In anderen Fällen konnte die Leidenschaft schnell vorbei sein.

Ich ging also zur Jugendmusikschule. Für ein paar Mark im Monat konnte man Unterricht bekommen und das Instrument geliehen dazu. Ich war zunächst mal enttäuscht, denn es gab nur Konzerttrompeten, also die flachen und nicht die glänzenden Instrumente, wie sie die Jazzstars spielten. Aber egal. Wenn ich erst spielen konnte, würde ich mir so ein schickes Ding zulegen.

Einmal in der Woche ging ich nach Feierabend zu einem Musiklehrer und erhielt eine Stunde Unterricht. Dann hieß es nur noch: üben, üben, üben. Meine Familie ertrug das klaglos, wenn ich, möglichst jeden Tag nach der Arbeit, bei offenem Fester meine Übungen absolvierte. »Ännchen von Tharau«, »Am Brunnen vor dem Tore«, »Sah ein Knab' ein Röslein stehn«, das waren meine Übungsstücke. Weit entfernt, Lichtjahre, ach wo, Galaxien entfernt von Miles Davis' »Kind of Blue« oder Satchmos »High Society«.

Immerhin beherrschte ich nach gut einem halben Jahr die Eingangsmelodie aus »Il Selenzio«, das dem Hornsignal des amerikanischen Zapfenstreichs glich und das mir – und nicht nur mir – jedes Mal, wenn ich es blies, eine Gänsehaut verpasste. Solches stimmte dann auch die Nachbarn milder. Wir wohnten zwar mit großem Abstand, mit viel »Wind ums Haus«, wie man sagte, aber dass sie meine musikalischen Unternehmungen mitbekamen, ließ sich nicht vermeiden.

Sobald ich die Übungsstücke einigermaßen beherrschte, sparte ich auf eine Jazztrompete. In diversen Musikgeschäften wurde ich vorstellig und nach einer Weile fand ich tatsächlich ein gebrauchtes Instrument, mit Koffer und zu einem akzeptablen Preis. Meine Eltern unterstützten meine musikalischen Bemühungen zwar nach Kräften und wo sie nur konnten, aber schließlich waren wir fünf Geschwister, von denen nur ich bereits ein eigenes, wenn auch sehr bescheidenes Einkommen hatte. So blieb mir nichts anderes übrig, als das Instrument aus dem Ersparten anzuschaffen. Doch das war kein wirkliches Problem.

Allmählich war es aber an der Zeit, mein Können nicht nur als Solist, sondern konzertant, also mit einer Band oder gar einem Orchester unter Beweis zu stellen und zu komplettieren.

Einer meiner entfernten Verwandten spielte Schlagzeug in einer Band, die im Sommer, so oft es ging und sie gebucht wurden, auf Schützenfesten in der Umgebung spielten. Zu einem Übungsabend hatten sie mich eingeladen. Die meisten Musiker in meinem Alter dort hatten nie eine Musikschule besucht oder gar, wie ich, Einzelunterricht erhalten. Sie waren in die Band gekommen, weil sie Spaß an der Musik hatten. Sie hatten ihr Instrument und die notwenigen Noten quasi nebenbei, »learning by hearing and doing«, zu beherrschen gelernt.

Nun also war ich dran, sollte mein Können zeigen und wurde als Trompeter mit Ausbildung vorgestellt. Das war natürlich weit überzogen, aber stolz und eitel, wie ich war, ließ ich das mal so stehen, anstatt ein wenig tiefer zu stapeln. Ich spielte also ein bisschen was vor, die Anfangstakte von »Il Selenzio« und einige andere. Das klappte ganz gut, war aber nicht weiter spektakulär.

Schließlich wies man mir einen Platz zu und ich sollte mitspielen. Noten lesen hatte ich ja gelernt und vom Blatt spielen auch. Also los. Wir spielten irgendeinen Marsch, wie er gerne in Bierzelten gehört wurde.

Meine Premiere als Bestandteil eines Orchesters verlief etwas unglücklich. Denn es war eine Sache, für sich allein vom Blatt zu spielen, und eine völlig andere, in einer Band zu spielen. Man musste dabei nämlich mehrere Dinge gleichzeitig in Auge, Kopf und Ohr haben: die Noten, den Rhythmus, die anderen Musiker und den Dirigenten. Auch hier galt, ganz, ganz viel Übung machte den Meister. Nie zuvor hatte ich mit anderen zusammen gespielt. Ich geriet aus dem Takt und verursachte ein musikalisches Desaster. Für den Bandleader war das, im Gegensatz zu mir, kein Problem. Das sei doch ganz normal für Neulinge, versuchte er meine Fehler zu verharmlosen.

Wenn ich da mithalten wollte, so viel hatte ich bei diesem Auftritt gelernt, dann musste ich zukünftig mehr und anders üben. Die Bandmitglieder verdienten zwar dank der vielen Auftritte ein schönes Zubrot, aber diese Musik und das Spielen in einer Band waren dann doch nicht mein Ding. Ich blieb beim Solo, alleinbestimmend – und für mich. So, wie ich es mochte.

Leichte Athleten

Ich war nie ein sportlicher Typ und interessierte mich eigentlich gar nicht für Sport, auch nicht für Fußball. Nicht mal die genauen Regeln kannte ich. Vielleicht lag das daran, dass ich mit nur wenigen Gleichaltrigen aufgewachsen war und deshalb das Kicken auf der Straße nie kennengelernt hatte. Ich vermisste Fußball nicht.

Aber wenn mich überhaupt etwas interessierte, dann die Leichtathletik. Zwei oder drei Mal im Jahr, natürlich immer an Wochenenden, fanden in unserem Stadion, nur wenige hundert Meter von meinem Zuhause entfernt, große Sportfeste statt. Alle möglichen Leichtathletikwettkämpfe wurden da ausgetragen und es kamen Sportler aus ganz Europa in unsere Stadt.

Das war eine große Sache und ich wollte als Zuschauer dabei sein. Der Wermutstropfen war das Eintrittsgeld. Das wollte ich unbedingt sparen und lieber für Cola oder eine Bratwurst ausgeben. Selbstverständlich kannte ich ein paar Schlupflöcher im Zaun rund ums Stadion, und schon war ich dabei. Natürlich erst, nachdem alle Arbeit zu Hause und für die Schule erledigt war. Dann stand dem Besuch des Sportfestes nichts mehr im Wege.

Von den Langlaufwettkämpfen über zwei- und fünftausend Meter war ich besonders angetan. So versuchte ich es nach einem Sportfest selbst, ging nach Feierabend einfach mal ins Stadion und lief ein paar Runden. Meistens waren auch Sportler aus den Vereinen dabei und trainierten. Einer jungen Sportlerin war ich wohl aufgefallen und sie sagte mir, wie ich laufen musste, was ich falsch machte und wie es sein sollte, damit ich noch Kraft hatte, überhaupt ins Ziel zu kommen. Denn meist ging mir vorher die Puste aus.

Mir machte das Laufen großen Spaß, aber nach einigen Wochen wurde es langweilig. Ich hatte etwas ausprobiert und festgestellt, dass es nicht meins war. Deshalb gab ich es auf.

Im Schoß der Familie

Es hatte sich so einiges verändert. Oma, Vaters Mutter, war im gesegneten Alter von siebenundachtzig Jahren gestorben. Sie hatte schon lange davon gesprochen, des Lebens müde zu sein, und manchmal kokettierte sie damit. Dass sie nach einem überaus mühevollen und arbeitsreichen Leben überhaupt dieses biblische Alter erreicht hatte, schien schon ein Wunder. Doch eines Tages kränkelte sie und nach wenigen Tagen schlief sie eines Nachmittags einfach ein.

Oma, der zentrale Punkt der überaus großen Familie, mit acht Kindern und nunmehr über zwanzig Enkeln und Urenkeln, war tot und damit ging auch eine Ära, eine Zeit zu Ende. Ganz praktisch bemerkbar wurde das, weil nun an Sonntagnachmittagen keine Besucher mehr kamen. Onkel und Tanten, die in der Stadt oder in der näheren Umgebung wohnten, waren ja an fast jedem Sonntagnachmittag zu Kaffee und Kuchen zu Oma gekommen. Sonntags hatten wir immer ein volles Haus. Das war nun mit einem Schlag vorbei.

Aber auch in anderer Weise brachte Omas Tod, wenn auch langsam, Veränderungen mit sich. Oma war zeit ihres Lebens sehr dominant gewesen. Eine überaus starke Frau und tonangebend! Zwar war unser Haus längst in den Besitz von Vater, Omas einzigem Sohn neben sieben Töchtern und demzufolge Erbe des kleinen Hofes, übergangen, dennoch mischte sie sich ständig in alles ein. Kaufte Vater mal einen neuen Anzug, wurde dies von Oma zumeist bissig kommentiert, ob denn jetzt zu viel Geld im Hause sei, ob das wirklich nötig sei und so weiter. Vater hatte ja inzwischen eine eigene Familie mit fünf Kindern, aber für Oma blieb er ihr Jüngster.

Auch Mutter konnte es ihr kaum recht machen. Zu Anfang ihrer Ehe, als sie von ihrem Dorf zu Vater zog, hatte sie sehr zu leiden gehabt. Wollten unsere Eltern etwas an der Wohnung verändern oder ein neues Möbelstück anschaffen, so wurde dies lange überlegt und, wegen Omas üblichen Kommentaren, sorgfältig abgewogen. Ganz zu schweigen von der Anschaffung eines Autos, und sei es nur ein Kleinstwagen, der Vater vieles erleichtert hätte. Undenkbar! Das hätte wochenlangen Streit mit Oma bis hinein in die ganze Verwandtschaft nach sich gezogen. Da wären schnell wieder neidvolle Gedanken über den Erben hochgekommen, obschon keines der väterlichen Geschwister Grund gehabt hätte, sich zu beklagen – ganz im Gegenteil.

Vater hatte im Krieg eine Verwundung erlitten, die seinen rechten Arm praktisch unbrauchbar machte. Da kam nur ein Auto mit Krückstockschaltung infrage. Alle anderen Schaltungen, wie die in vielen Wagen üblichen Lenkradschaltungen, oder auch die Knüppelschaltungen in einem Volkswagen, hätte er nicht bedienen können. Leider waren Autos mit Automatik selten bei Kleinwagen und außerdem teuer. Geradezu ideal, auch in seiner sonstigen Ausstattung war der Renault 4. So kaufte Vater dann sein erstes Auto, einen R4, etwa ein Jahr nach Omas Tod.

Im Sommer darauf sollte ein großes Ereignis bei den Eltern von Mutter, Oma Anna und Opa Josef, stattfinden und mit einem gebührenden Fest gewürdigt werden.

War ich doch vor wenigen Jahren noch regelmäßig zu Mutters Eltern ins nahe Dorf gefahren und hatte dann auch meine dort lebenden Tanten und Onkel besucht, so waren diese Besuche seit Beginn meiner Lehrzeit immer seltener geworden.

Die Großeltern würden im Sommer ihre Goldene Hochzeit feiern, was lange geplant worden war. Nicht nur die gesamte Verwandtschaft, mit allen Kindern und inzwischen über zwanzig Enkelkindern, sondern auch entferntere Verwandte, Freunde und Würdenträger aus dem Dorf waren eingeladen oder hatten sich angesagt. Das Fest sollte bei Oma und Opa zu Hause, auf ihrem kleinen Bauernhof stattfinden.

Schließlich kam der Festtag, ein freundlich-warmer Sonntag im Juni. Wie es sich gehörte, begann der Tag mit einer Messe in der Dorfkirche, die den Jubilaren vorbehalten und gewidmet war. Das verstand sich von selbst, denn die Großeltern waren streng katholisch und Opa hatte in Glaubensfragen eine kerzengerade Haltung pro Kirche.

Ganz selbstverständlich nahmen alle Verwandten und fast das halbe Dorf an der Messe in der geschmückten Kirche teil, bevor es zur weltlichen Feier nach Hause ging. Eine große Obstwiese mit allerlei alten Obstbäumen, weitausladende und inzwischen krumme Apfelbäume, hochaufgeschossene Birnen, Zwetschgenbäume und Mirabellen, befanden sich hinter dem Haus. Dazwischen waren weißgedeckte Tische aufgestellt worden, an denen die Gäste essen und trinken würden. Alle verfügbaren Bänke und Sitzgelegenheiten aus dem Haus waren unter die Bäume geschleppt worden, und so fanden alle Besucher ihren Platz.

Das Jubelpaar war, dem Anlass entsprechend, ganz in Schwarz gekleidet. Oma trug eine kleine Krone aus geflochtenem Grünzeug, während Opa ein Buchsbaumsträußchen im Knopfloch steckte. Ein stattliches Paar.

Es war ein schönes und ausgelassenes Fest mit reichlich Spaß, besonders als es am späten Nachmittag zu den obligatorischen Fotoaufnahmen ging und die ganze Gesellschaft in allerlei Konstellationen und Kombinationen abgelichtet werden sollte. Schließlich war alles im Kasten.

Wir feierten ja eine Goldene Hochzeit und wenn auch die junge Generation gut vertreten war, so gab es zu diesem Anlass weder Tanz noch bestellte Musik, wie das bei einer Grünen Hochzeit der Fall gewesen wäre. So war denn auch bald nach Anbruch der Dämmerung Schluss. Wir hatten mal

wieder einen unvergleichlichen Sonntag buchstäblich auf dem Land verbracht.

II Konflikte

Das Zimmer des Jungen lag im elterlichen Haus nach Osten, dem Sonnenaufgang zu. Und da das Fenster mit einem gelben Springrollo versehen war, erlag der Junge jeden Morgen, sommers wie winters, einer Täuschung. Bereits beim Aufwachen kam es ihm deshalb so vor, als schiene die Sonne. Hell und strahlend gelb fiel das Morgenlicht auf sein Bett. Jeden Tag wachte der Junge so versehen mit einer guten Laune auf. Erst später, wenn das Rollo hochgeschnellt war, zeigte sich die Wirklichkeit des Wetters. Doch da hatte er bereits seinen positiven Kick gehabt und das konnte ihm nichts mehr nehmen.

Er war ein Frühaufsteher. Der frühe Morgen, wenn der Tag noch jung war, wenn alles unberührt, noch nicht entschieden war und noch vor einem lag, das war seine Zeit, sein Ding, das genoss er. Jeden Tag freute er sich erneut auf seine Arbeit. Immer war er neugierig und konnte es kaum erwarten, den Tag anzugehen, um zu sehen, was da kommen würde. Der Junge war von fröhlichem Gemüt. Schlechte Laune – dazu aus unbekanntem Grund – gehörte nicht zu seinen Wesenszügen, war ihm ganz und gar unbekannt.

Natürlich war er hier und da mal niedergeschlagen, wenn etwas nicht so klappte, wie er es sich vorgestellt hatte. Doch Misstrauen oder gar Argwohn waren ihm fremd. Bisher hatte es keinen

Grund und auch keine wirkliche Gelegenheit gegeben, solches in seinen Charakter einzupflanzen und gar darin auszubilden. Er war allen und allem zugetan, offen und freundlich. Natürlich hatte er Vorlieben, mochte den einen mehr als andere. Aber das war alles ohne Kalkül, ohne Vorurteil und voller naivem Vertrauen. Das sollte er erst noch lernen müssen. Im Wege stand ihm allenfalls sein Ehrgeiz, alles richtig machen zu wollen. Daran sollte er noch zu knabbern haben.

Aufgewachsen in einer ausschließlich katholischen, konservativen und durch naiven Glauben geprägten Familie und Verwandtschaft, waren seine moralischen und ethischen Leitplanken fest verankert. Er war, wie es sich gehörte, Messdiener in seiner Gemeinde, verbrachte seine Freizeit bei den katholischen Pfadfindern, beichtete regelmäßig und besuchte jeden Sonntag die heilige Messe, wo er sich als Fahnenträger in Pfadfinderkluft besonders hervortat.

Die Autorität von Kirche und Familie standen für ihn zu keiner Zeit zur Diskussion. Sein ganzes Wesen, sein offenes Vertrauen gegenüber seinen Mitmenschen, sein gesamter Alltag orientierten sich an dieser Ordnung und die wurde nicht infrage gestellt. Alles hatte seinen zugewiesenen Platz und alles schien stabil. Was hätte er denn auch hinterfragen oder gar anzweifeln sollen? Ihm fehlte jeder Ansatz dazu. Hinterfragungen fanden nicht statt und schon gar nicht die Entwicklung einer familiären Diskussionskultur, von Rede und Gegenrede.

Der Kokon aus Familie, Religion und der alltäglichen Umgebung boten keinen Anlass, gesellschaftlichen Verhältnissen zu misstrauen. Die heimatliche, katholisch-konservativ orientierte Tageszeitung und der ebenso konservative Rundfunk waren fest auf Kurs der Zeit und verstanden ihre Bildungsaufträge keinesfalls darin, zur kritischen Nachfrage anzuregen. Natürlich erlebte der Junge Enttäuschungen, nicht erfüllte Hoffnungen, falsche Versprechungen – das ganze normale Leben.

Seine private und häusliche Umgebung einerseits und die berufliche andererseits waren ganz und gar nicht kompatibel, zwei unterschiedliche Welten. Zum ersten Mal in seinem Leben kam er mit Menschen zusammen, die außerhalb von Familie, Kirche und deren Kontrolle standen. Seine Kollegen und Ausbilder – lebenserfahren und ganz erheblich vom Leben ernüchtert, atheistisch, zuweilen zynisch und im politischen Geist Sozialdemokraten – standen auf der einen und der Junge mit seiner homogenen Heile-Welt-Erziehung auf der anderen Seite. Eigentlich eine hochinteressante Mischung, die auch brisant hätte sein können, wenn sie denn auf Augenhöhe stattgefunden hätte. Doch davon konnte natürlich keine Rede sein.

Die Älteren hatten weder missionarische noch andere erzieherische Interessen an dem Jungen. Ihr

Interesse bezog sich ausschließlich auf den beruflichen Umgang miteinander. Das war aber nur die Theorie. Bei einem derartigen Altersunterschied und in einer solch kleinen Truppe war es an der Tagesordnung, dass Dinge privater Natur zur Sprache kamen. Besonders dann, wenn der Jüngste im Team sein Herz auf der Zunge trug. Und so dauerte es nicht lange, bis Heinz und Herbert bestens mit der Denkweise des Jungen vertraut waren. Beiden wäre es nie in den Sinn gekommen, ihn wegen seiner privaten Umtriebe zu kritisieren oder gar von seinem naiven Glauben abzubringen, ihm die Kirche, die Messdienerei oder die Pfadfinderschaft schlecht- oder gar auszureden.

Aufmerksam nahm der Junge wahr, dass es außerhalb seines Kokons Meinungen gab, die bisher für ihn tabu waren. Er begann, eine Menge Fragen zu stellen.

Was der Junge in die Diskussionen einbringen konnte, war das in seinen Kreisen, bei den Pfadfindern, in der Kirche und bei Messdienern gehörte, im Volksblatt angelesene und vom Radio transportierte Wissen. Dialektik und Methodik waren ihm fremd. Er brauchte das auch nicht, noch nicht, denn in erster Linie ging es ja um Lebenserfahrung gegen Unerfahrenheit und nicht darum, dass der eine den anderen überzeugen musste.

Es entsprach weder seiner Erziehung noch seinem Selbstverständnis, Heinz und Herbert als seine Kollegen zu bezeichnen. Kollegen, das war ein Begriff, der Gleicher unter Gleichen ausdrückte.

So war seine Auffassung, so war er erzogen worden. Umso mehr war er stolz, als Herbert einmal einem Kunden, der etwas nachfragte, bedeutete: »Das macht mein Kollege«, und dabei auf den Jungen zeigte. Von da an sah er die Zusammenarbeit mit Heinz und Herbert aus einer neuen Perspektive. Doch niemals wäre es den Älteren in den Sinn gekommen, dem Jungen das Du anzubieten. Er wurde von allen in der Firma geduzt, und der Junge siezte grundsätzlich alle anderen im Betrieb. Das war zeitgemäß; und da er in den ersten Jahren seiner Lehrzeit mit Abstand der Jüngste und auch in Zentimetern der Kleinste in der Firma war, fiel das nicht weiter auf.

Der Junge war offen und mitteilsam, und so erfuhr Heinz manches, was den Jüngeren bewegte – über die Familie, was er in der Freizeit machte und über sein Denken überhaupt. Heinz nahm das hin. Es lag keineswegs in seiner Absicht, den Jungen zu beeinflussen, ihn womöglich gar aufzustacheln, ganz im Gegenteil.

Aber er war auch nicht der Mann, der zu allem Ja und Amen sagte. Und hier war es nun mal so, dass ihm, dem abgeklärten Atheisten, ein Prachtexemplar katholischer Erziehung begegnete. Wenn sie schon miteinander zu tun hatten, dann wollte Heinz auch sagen, was er für die Wahrheit hielt. Oftmals spielten dabei die tagespolitischen Geschehen eine Rolle und wenn es in der Politik mit Adenauer, Erhard und Co. mal wieder hoch herging, dann sparten Heinz und Herbert nicht mit Kommentaren. Die beiden Älteren wussten genau, dass sie Grenzen zu wahren hatten, und manchmal, wenn sie ihren Ärger über den Chef, die Unternehmer und die gesellschaftlichen Zustände rausgelassen hatten, dann ermahnten sie den Jungen, außerhalb der Werkstatt solche Gespräche nicht zu erwähnen.

Dabei war alles, bei Licht betrachtet, völlig harmlos. An Gelegenheiten, sich über den Chef, die leidige Werkstattausstattung und die fehlenden Mittel zu beklagen, mangelte es nicht. Für die Werkstatt wurde nur das Minimum investiert. Doch überall prosperierten in jenen Jahren die Geschäfte. Wer in einer guten Lage einen Laden eröffnete, musste schon sehr dumm sein, wenn es nicht lief. Es war die Zeit, in der man als Unternehmer Vermögen aufbauen konnte. Der Abstand zur abhängig beschäftigten Bevölkerung wuchs stetig. Heinz und Herbert zögerten nicht, diese Entwicklung entsprechend zu kommentieren.

Der Junge fragte viel. Wenn er mit Heinz über die Dörfer fuhr, bot sich eine gute Gelegenheit, über alles Mögliche zu sprechen. Auf diese Weise wurde so manches Bild korrigiert, dass der Junge in sich trug. So erfuhr er von einem katholischen Index verbotener Bücher und dem unsittlichen Treiben in früheren Klöstern bis hin zur Rolle der Kirche in Eroberungsfeldzügen und vor allem im Dritten Reich, vom Wohlleben der »Pfaffen« – nie hatte er vorher dieses Wort gehört – und der Würdenträger. Sie sprachen über wirtschaftliche Zusammenhänge, die Rolle der Amerikaner und immer wieder über die Tagespolitik.

Über den Krieg sprach Heinz nie. Selten, sehr selten fielen Bemerkungen zwischen ihm und Herbert darüber, über Panzer, die auf Schützenlöchern drehten, die Kälte in Russland und über russische Köche in der Gefangenschaft. Niemand sprach über den Krieg, auch des Jungen Vater nicht. Wenn ein paar Männer abends beim Bier zusammensaßen, dann ging es allenfalls um die Erlebnisse unter Soldaten, aber nie um den Krieg. Es war, als würden sie sich dafür schämen. Doch nicht selten war dann einer dabei, der sagte: »Aber schön war's doch«, und den Kommiss meinte.

Allmählich begann der Junge zu begreifen, dass es außerhalb des Geschichtsunterrichts in der Schule, der sonntäglichen Kanzelpredigten und der Weisheiten des Heimatblättchens noch mehr gab, das zu hinterfragen war. Vor allem aber wuchs in ihm die Erkenntnis, dass ein gewisses Maß an Misstrauen gegenüber sogenannten alleinigen Wahrheiten angebracht war und dass angeblich naturgegebene oder von Gott und anderen Mächtigen verliehene Autoritäten grundsätzlich infrage zu stellen waren. Doch solcher Art Erkenntnis konnte nicht ohne Rebellion stattfinden.

Er war im zweiten Lehrjahr, als Rolf Hochhuth 1963 seinen »Stellvertreter« auf die Bühne brachte. Die Amtskirche schäumte und von den Kanzeln herab wurde kübelweise Gift und Galle über das lästerliche Werk gekippt, das sich mit dem Verhältnis von Papst Pius XII. zu den Nazis beschäftigte.

Natürlich wollte der Junge mit einigen gleichaltrigen Freunden in die nahe Großstadt fahren, um das Stück anzusehen, doch die empörten Eltern erlaubten das nicht. Solche Aktionen waren keineswegs geeignet, das Vertrauen zwischen Sohn und Eltern aufzubauen.

So entfremdete er sich wieder ein Stückchen weiter aus der häuslich-katholischen Idylle.

Im gleichen Jahr drehte Ingmar Bergman seinen Skandalfilm »Das Schweigen« und die Welt der Tugendwächter, allen voran die Kanzelfürsten, war geschockt. Immerhin wurde in dem Film ein kopulierendes Paar gezeigt. Das ging gar nicht! Die Wellen in der erzkatholischen Stadt schlugen so hoch, dass vor dem Kino, schräg gegenüber dem Laden, in dem der Junge arbeitete, ein Schupo Aufstellung nahm, um Minderjährige daran zu hindern, sich ins Kino zu schleichen. Und da der Junge noch keine achtzehn Jahre alt war, kam ein Kinobesuch, ob mit oder ohne Erlaubnis der Eltern, sowieso nicht infrage.

Langsam, aber stetig entwickelte er eine latente Abneigung gegen Würdenträger jeder Art und besonders gegen alles, was nach Fremdbestimmung aussah. Diese Haltung, die ihm das Leben nicht immer leicht machen würde, wurde unaufhaltsam Teil seines Wesens und seines Charakters.

Manchmal, wenn sie unterwegs zu Kunden waren, fuhr Heinz zur Frühstückszeit einen Landgasthof an. Dort bestellte er für beide eine Suppe, meistens eine Bouillon, und dazu aßen sie ihr mitgebrachtes Frühstücksbrot. Für den Jungen, der sonst selten in Gasthäuser kam, war das eine große Sache und er genoss diese Einkehr sehr. Und so entwickelte sich Schritt für Schritt ein besonderes Vertrauensverhältnis zwischen den beiden.

Für die Eltern stellte die Entwicklung des Jungen ein Problem dar. Da er für gewöhnlich alles, was sich tagsüber so abspielte, ohne Vorbehalte zu Hause erzählte, wussten sie bald sehr genau, worüber da unter den Kollegen gesprochen wurde und mit welcher Art von Menschen ihr Sohn es zu tun hatte.

Natürlich war ihnen nicht verborgen geblieben, dass der Junge von allem Neuen schnell begeistert und demzufolge leicht zu beeinflussen war. Immer öfter nun, und auch ungefragt, tat er seine Kommentare zum tagespolitischen Geschehen kund. Er stellte Fragen nach Hintergründen, Sinn und Zweck, über Gott und die Welt, die Kirche und die Unfehlbarkeit des Papstes – Fragen, die in der Familie mehr als ungewöhnlich waren und einen unüberhörbar kritischen Unterton hatten.

Und da der Junge oftmals »seinen Mund vorweg trug«, wie man zuweilen eine forsche Art nannte, galt er bald als ein wenig aufsässig und drohte, aus der Rolle zu fallen. Er wirkte mitunter etwas extrovertiert, was die Familie als unseriös beurteilte. So benahmen sich Autoverkäufer und Schwätzer.

Immer wieder kam es zu Diskussionen; und irgendwann hatten die Eltern, vor allem die Mutter, genug. Sie beendete die Debatten, die oft genug Streitgespräche wurden. Basta! Seine Mutter war die unbestrittene Autorität in der Familie. Seine Eltern merkten schnell, dass da ein Prozess in Gang gesetzt war, der ihnen Sorge bereitete und sie ebenso überforderte, ja, hilflos machte, wie den Jungen. Er entglitt ihnen.

Der Junge suchte Anerkennung und auch Lob. Er brauchte Bestätigung und Korrekturen wie ein Lebenselixier, dass er aber nicht bekam. Ständig war er verunsichert und auf der Suche nach Hinweisen für den richtigen Weg. Nie hatte er gelernt zu sagen: »Hilf mir, ich kann das nicht.« Er glaubte, dass man perfekte Leistung von ihm erwartete, obschon das niemals gesagt worden war. Niemand, schon gar nicht seine Eltern, hatte ihn unter Druck gesetzt; aber vielleicht waren es gerade die nicht ausgesprochenen Erwartungen ...

Und so versuchte er, seine Verunsicherungen durch ein forsches Auftreten zu kaschieren. Zu keiner Zeit wäre ihm eingefallen, seine Eltern oder sonst jemanden zu verletzen oder zu kompromittieren, und er hätte sich hoch betroffen gezeigt, dass seine Art zuweilen so wirkte.

Stattdessen suchte er Antworten auf die Richtigkeit dessen, was er tat, auf seine Berufswahl, seine

Zweifel an seinen Leistungen und seine Zweifel an Gott und der Kirche. Er suchte Antworten, wo man sie ihm weder geben wollte noch vor allem geben konnte, ohne dass seine Eltern und seine Familie ihre eigene Überzeugung infrage stellten. Der Junge erlebte den ganz normalen Prozess der Adoleszenz; er war dabei, erwachsen zu werden, und hätte dringend Begleitung gebraucht.

Die elterliche Sorge über die Entwicklung des Jungen entsprang nicht einer mangelnden Zuneigung, sondern der eigenen Unsicherheit und den Grenzen des eigenen Vermögens. Der Junge litt darunter, dass sie zuerst einmal seine Handlungen infrage stellten und ihm nicht a priori vorbehaltlos begegneten.

Einmal, als der Junge nach Feierabend einen Umweg durch die Stadt geradelt war, hatte es Zoff gegeben. Ein Betrunkener hatte ihn mit einem Faustschlag vom Fahrrad zu Boden geschlagen. Die Polizei kam, aber eigentlich war nichts passiert. Es gab weder materiellen noch ernsthaften körperlichen Schaden. Zu Hause angekommen erzählte er aufgeregt vom eben Erlebten und wurde nur gefragt, warum er denn diesen Umweg genommen habe und nicht den direkten Weg nach Haus.

So zog der Junge sich mehr und mehr zurück. Hatte er bisher noch jeden Tag berichtet, was er erlebt hatte, erzählte er bald immer weniger zu Hause. Er versuchte, sich abzunabeln. Sein neues Umfeld, die Kollegen, die fast täglichen neuen Eindrücke, der stetige Umgang mit Kunden und fremden Menschen in immer neuen Umgebungen wirkten da beschleunigend.

Der Junge brauchte jetzt Führung und Anerkennung, Gleichgewicht; er brauchte natürliche Autorität an Vorbildern und kein Kanzelgeschwätz. Die beruflichen Herausforderungen, besonders der theoretische Teil, fielen ihm schwer genug. Er war ständig gefordert, zuweilen auch an der Grenze zur Überforderung. Jetzt war die Zeit, Selbstvertrauen aufzubauen durch Menschen, die ihm Mut machten, ihn korrigierten und führten, die ihm sagten: »Du schaffst das!«, und ihn lehren konnten, wie man mit Rückschlägen umging.

Was er in reichem Maße in seiner behüteten Kindheit an Urvertrauen erhalten hatte, drohte nun – zwar in kleinen Schritten, aber stetig – reduziert zu werden. Er bedurfte dringend einer Unterstützung, die ihm Selbstbewusstsein geben konnte – sozusagen das Urvertrauen, zweiter Teil. Für Lob war er sehr empfänglich. Doch Lob, Feedback und das fördernde Gespräch waren unüblich. Man hatte seine Aufgaben nach bestem Vermögen zu erledigen. Gut und aus. Das Selbstvertrauen befördernde Gespräche über erledigte Aufgaben, das Abwägen über gute und weniger gute Leistungen, das Hinterfragen, warum etwas gelungen war und anderes nicht, waren undenkbar, nicht zeitgemäß und fanden nicht statt.

So wuchs in ihm ein latentes Misstrauen gegenüber den eigenen Fähigkeiten und etablierte sich im Wesen des Jungen.

Es dauerte nicht lange und er ging immer mehr in Opposition zu seinen Eltern, seinem Chef und seiner Chefin, der Kirche und zu den Personen, die er bisher, qua Erziehung und Gewöhnung, als Autoritäten anerkannt hatte. Absurderweise empfand er schon gegenüber der Anrede für Onkel und Tante, auf die in der Familie großer Wert gelegt wurde, einen Widerwillen, weil diese Titel ihnen bereits eine gewisse Autorität zubilligten, wie er meinte. Und da er öfter über das Ziel hinausschoss, lehnte er bald alles ab, was irgendwie nach Obrigkeit aussah oder sich so darstellte.

Der Junge, den man bis dahin immer lächelnd gesehen hatte – die Frauen in der Firma machten sich bisweilen sogar lustig über sein ständiges, wie sie es nannten, »freches und jungenhaft unbekümmertes Grinsen« –, verlor dieses Lächeln mehr und mehr. Nun kam er dort in der Welt an, wo es nicht behütet, nachsichtig, freundlich und ohne falschen Vorsatz, sondern eher missgünstig zuging. Er fing an zu lernen, dass zwischen Schwarz und Weiß eine Menge Grautöne lagen und dass vieles, was ihn erreichte, was er las und hörte, manipuliert war und der Beeinflussung diente. Diese Erkenntnis fiel ihm besonders schwer.

Nun, wo er immer stärker die eingetretenen Pfade verließ, sich aus dem familiären Treiben zu-

rückzog und immer weniger andere an sich heran-
ließ, täuschte er die nicht vorhandene Selbstsicher-
heit durch großspuriges Auftreten vor. Er begann,
für alles Mögliche Ausreden zu finden. Die obliga-
torische heilige Messe am Sonntag in der Heimat-
gemeinde schwänzte er. Längst hatte er aufgehört,
die Pfadfinderfahne in den Jugendgottesdiensten
am Altar zu schwenken. Dafür ging er sonntags in
die Innenstadt, »in den hohen Dom«, wie er es den
Eltern sagte. Das sei doch wesentlich interessanter,
schon die Predigten vom Erzbischof oder vom Ge-
neralvikar seien doch etwas anderes als die vom
Gemeindepfarrer, erklärte er. Die Eltern hatten
Verständnis, denn der Pfarrer war ja wirklich kein
verbaler Mitreißer.

Da traf es sich gut, dass direkt in der Nähe des
Doms die Cafés schon früh geöffnet hatten. Hier
konnte der Junge hin und wieder Bekannte treffen,
und auch das ein oder andere Mädchen fand sich
ein. Beim ersten Schwänzen der Messe hatte der
Junge noch ernsthafte Gewissensbisse. Doch bei
den sündigen Wiederholungen, erst vierzehntägig,
dann doch regelmäßig, schien ihm der Verzicht auf
die Messe fast normal. Weder war ihm der Himmel
auf den Kopf gefallen noch war sonst weit und
breit etwas zu erkennen, was auf die Rache Gottes
für diesen Frevel hinwies.

Nach nicht einmal zwei Monaten hatte der
Junge seinen Status vom Stammgast in der Kirche
zum Stammgast im Dom-Café gewechselt. Der alte

Zustand der Gläubigkeit sollte sich danach nie wieder einstellen.

Seine Art, sein Auftritt und sein Umgang mit anderen wurden jetzt eine Spur weniger zuvorkommend und mehr bestimmender, einen Hauch schroffer. Wenn ihm etwas nicht gefiel, er anderer Meinung war, dann äußerte er das nicht immer fragend, um Verständnis werbend, sondern häufiger im Imperativ – was der Sache nicht förderlich war und ihn zuweilen aggressiv erscheinen ließ.

Nun zeigte sich, dass es nicht in seinem Wesen lag, als Everybody's Darling aufzutreten. Das Glatte, Geschmeidige war so nicht seine Sache. Er war drauf und dran, den schwierigeren Weg, das Kantige zu wählen.

Defizite

Herbert waren meine praktischen Defizite nicht verborgen geblieben und er unterstützte mich nach Kräften. Einmal empfahl er mir, zum besseren Verständnis der technisch-physikalischen Zusammenhänge, Grundlagenbücher der Firma Philips. Sie waren außerordentlich hilfreich, leisteten mir große Dienste!

Ich war nun im dritten Lehrjahr und hinkte in meinem praktischen Wissen deutlich dem Lernziel hinterher. In vielen Fällen war ich kaum in der Lage, einen komplexen Fehler in der Elektronik eines Fernsehers zu analysieren und aufzuspüren. Zu oft musste ich dann Herbert zurate ziehen. Er arbeitete zwar auch nur mit den Instrumenten, die uns zur Verfügung standen, beherrschte aber immerhin den Umgang mit dem Oszillografen und konnte natürlich seine jahrelange Erfahrung nutzen. Herbert drängte schließlich bei Heinz und dem Chef darauf, mich mehr in der Werkstatt einzusetzen, als draußen bei Kunden rumturnen zu lassen. Stattdessen sollte Heinz unseren neuen Lehrling Conni mitnehmen.

Wir hatten nämlich einige Monate zuvor Zuwachs bekommen. Conni, der das Elektrohandwerk lernen wollte, hatte zeitgleich mit Waldemar angefangen. Der neue Kollege sollte bei unseren Kunden Elektroarbeiten durchführen, also Lampen, Steckdosen und Leitungen montieren.

Waldemar war ein gutmütiger Kerl. Er stammte aus der Ukraine, sprach mit starkem Akzent, war nach dem Krieg in Deutschland hängengeblieben und hatte sich sein Wissen im Laufe der Jahre angeeignet. Waldemar war eine handwerkliche Allzweckwaffe mit nahezu grenzenloser manueller technischer Begabung. Er reparierte fast alles: Gas, Wasser, Elektro. Nur um Radios, Fernseher und elektrische Schaltungen machte Waldemar einen großen Bogen. Das war ihm suspekt.

Im Kontakt mit Kunden musste man ihn allerdings zuweilen bremsen. Einmal war in einem Haushalt eine Steckdose anzubringen, wobei natürlich Staub und Mörtel anfiel. Als die junge, elegante Dame des Hauses sich anschickte, dies per Besen und Wischtuch zu beseitigen, und Waldemar sah, dass sie beides etwas unbeholfen handhabte, nahm er ihr kurzentschlossen das Wischtuch ab, »Guck Frau, so musst du machen, immer hin und her«, und sie stand mit hochrotem Kopf daneben. Das war Waldemar! Natürlich war er sich der Peinlichkeit der Situation überhaupt nicht bewusst. Wir lachten uns schief. Er war grundehrlich und eine gute Seele.

Was den Bau von Antennen anging, so übernahm Conni nach und nach meine Funktion und immer öfter fuhr er jetzt mit Heinz über die Dörfer zu den Kunden.

Ich konnte mich derweil meinen eigentlichen Aufgaben widmen. Obwohl ich jetzt mehr Zeit bekam, die wichtigen Dinge für meinen Beruf zu lernen, so fiel es mir nicht leicht und wieder und wieder wurden mir meine Grenzen deutlich. Bei Problemen konnte ich zwar auf Herbert zurückgreifen, doch ich redete mir ein, dass ich das hätte wissen müssen, und mein Stolz ließ keine Fragen zu, und Fehler schon gar nicht. Es mangelte mir nicht etwa an technischer Intelligenz, sondern an der Methodik des Lernens, also zu lernen, wie man lernt.

Mir wurde immer deutlicher, dass ich mir einen Beruf gesucht hatte, in dem ich noch lange Zeit würde lernen müssen, um auf Augenhöhe mit anderen zu kommen und wirklich selbstständig arbeiten zu können.

Herbert hatte meinen Seelenzustand wohl erkannt und machte mir dank seiner Gelassenheit und Klugheit immer wieder Mut. Für ihn war das alles kein Weltuntergang. Das würde sich schon finden.

Eines Tages war ich, was selten vorkam, mit Herbert zu einem Kunden gefahren. Es war ein sehr heißer Tag und ich war verschwitzt durch die Arbeit. Als wir auf dem Rückweg durch unsere Straße kamen, stoppte Herbert bei unserem Haus, damit ich mich frisch machen konnte.

Mutter sah Herbert im Auto warten und bat ihn rein in die gute Stube. Sie wollte die Gelegenheit nutzen und von ihm – über den sie so viel gehört, ihn aber nie getroffen hatte – hören, wie ich mich denn so entwickelte und wie er meine Chancen einschätzte.

Während ich mich wusch, fragte sie ihn aus. Meinen Eltern war keineswegs verborgen geblieben, dass ich mich schwertat und ein hohes Pensum zu erledigen hatte. Allein der Blick auf meine Noten, das ewige Befriedigend und zuweilen Ausreichend, machte ihnen Sorgen. Und da ich immer von allen möglichen Dingen begeistert war und mich ablenken ließ, hielten sie mich also für potenziell gefährdet. Das Vertrauen meiner Eltern in meine Leistungen, und besonders in meine Beständigkeit, war durchaus überschaubar.

Doch Mutter wurde enttäuscht. Anstatt ihr einen Bericht über meine Fähigkeiten oder Unzulänglichkeiten abzuliefern, hatte Herbert darüber gesprochen, was ich denn nach der Gesellenprüfung machen könnte, ob ich zum Beispiel die Meisterprüfung ablegen sollte und Ähnliches mehr. Für ihn stellte sich gar nicht die Frage nach dem Bestehen der Gesellenprüfung. Dass das klappen würde, war für ihn klar, kein Zweifel. Er dachte schon weiter. Ihm ging es um die Zukunft in meinem Beruf.

Mutter dachte da aber etwas kurzfristiger und zeigte mir abends, als ich zu Hause war, ihre Enttäuschung. Dass Herbert mir in Wahrheit ein Kompliment gemacht hatte, wurde weder ihr noch mir in diesem Moment bewusst.

Ab und an kam bei uns ein etwas heikles sozialpolitisches Thema hoch, das von meinen Kollegen bei jeder sich bietenden Gelegenheit befeuert wurde.

Es ging um die Klassifizierung der arbeitenden Bevölkerung in Arbeiter und Angestellte. In der Tat war es ein Unterschied, wie jemand in den Sozialversicherungen geführt wurde, denn Angestellte waren besser gestellt als Arbeiter. Vor allem bei den Gehalts- und Lohnfortzahlungen im Krankheitsfall genossen sie Vorteile.

Ein wesentliches Kriterium für die Klassifizierung lag in der Art der Arbeit. Übernahm jemand vorwiegend schriftliche und geistige Tätigkeiten, galt er als Angestellter. Ein Handwerker war, wie der Name schon sagte, überwiegend manuell tätig und wurde demzufolge als Arbeiter eingestuft, während ein simpler, oftmals ungelernter Verkäufer von, sagen wir mal, Herrensocken als Angestellter klassifiziert war, mit den entsprechenden Vorteilen. Kein Wunder, dass die emotionalen Wellen hochschlugen.

Bei Handwerksmeistern, als Führungspersonal und – ganz wichtig – weil diese auch viele schriftliche Arbeiten erledigten, sah das anders aus. Sie wurden als Angestellte eingeordnet.

Unser Handwerk war sicherlich ein Grenzfall, aber die Branche war noch zu klein, um eine Ausnahmeregelung zu erwirken. Es lag auf der Hand, dass die Arbeit eines Rundfunktechnikers mit der manuellen Tätigkeit eines Maurers, Zimmermanns oder Bäckers nicht vergleichbar war; das passte vorne und hinten nicht.

Die Diskussionen flammten bei uns auch deshalb immer mal wieder auf, weil wir das Unrecht täglich sahen. Normalerweise war die Arbeitswelt der Arbeiter von denen der Angestellten deutlich getrennt. Man begegnete sich eher peripher, aber mehr nicht. Probleme traten meist da offen zutage, wo Angestellte und Arbeiter dicht zusammenarbeiteten, wie in unserem Fall. Denn tatsächlich kam jedes Lehrmädchen und jede Verkäuferin vorne im Laden in den Genuss des Angestelltendaseins, während wir hochqualifizierten »Geistesarbeiter«, so empfanden wir uns, in unserer muffigen Werkstatt als Arbeiter galten.

Bei Heinz und Herbert führte das mitunter zu Wutanfällen. Mich interessierte das Thema weniger, obschon es von hoher gesellschaftspolitischer Bedeutung war. Doch so weit war ich in meinem politischen Bewusstsein noch nicht.

Hilfst du mir, so helfe ich dir

Mit meinem Lehrvertag war auch mein Lehrlings-
gehalt geregelt und über die gesamte Lehrzeit fest-
geschrieben. Im ersten Lehrjahr sollte ich fünfzig
Mark im Monat verdienen und das würde sich von
Jahr zu Jahr um zehn Mark erhöhen, bis ich dann
im vierten Jahr stolze achtzig Mark erhalten würde.

Da ich als Schuljunge nie ein regelmäßiges Ta-
schengeld erhalten hatte, weil das in unserer Familie unüblich war, schien eine goldene Zeit anzubre-
chen; ich schwelgte schon im Reichtum.

Sicher, dass ich das ganze Geld nicht behalten
konnte, war mir schon klar. Schließlich wusste ich
ja, dass all meine Bekannten, die schon in Lohn und
Brot waren und noch zu Hause wohnten, einen Teil
ihres Monatslohns ablieferten, das sogenannte
Kostgeld. Dessen Höhe war von Familie zu Familie
unterschiedlich und immer Verhandlungssache.
Üblich für einen, der ein richtiges Gehalt bezog,
waren um die hundertfünfzig Mark im Monat.
Manche bezahlten auch nichts, doch wir waren zu
fünf Geschwistern zu Hause und Vaters Gehalt
war nicht üppig. Da wäre solch eine Großzügigkeit
völlig fehl am Platze gewesen.

Die monatlichen Gehälter wurden in der Firma
am Monatsletzten bar ausgezahlt. Das war Sache
der Chefin, die dazu immer einen Briefumschlag
überreichte.

Ich trug also die ersten fünfzig Mark stolz nach Hause, um sie Mutter zu übergeben, die es sichtlich gerührt an sich nahm.

Sie schloss das Geld in ihre Nachttischschublade und gab mir fünf Mark zurück.

Das sollte dann mein Lohn sein. Ich war maßlos enttäuscht. Doch für Mutter war das keine Frage von Verhandlungen. Fünf Mark waren ihrer Meinung nach mehr als genug, zumal ich buchstäblich alles, was ich brauchte an Essen, Kleidung und was sonst noch so anfiel, von zu Hause bekam. Dennoch blieb ich erst mal enttäuscht. Vielleicht lag das auch an der Art, in der die Dinge abliefen. Aber mit Diskussionen und langen Erklärungen über Umstände, die doch üblich und scheinbar klar waren, hatten wir es nicht so.

Trotz des schmalen und sozusagen offiziellen Salärs aus den mütterlichen Zuteilungen litt ich keinen Mangel. Denn schon bald sollte sich herausstellen, wie begehrt mein frisch erworbenes handwerkliches Wissen und Können in der Nachbarschaft, bei Verwandten und Freunden war.

Es war übliche Praxis, dass man für alle möglichen in Haus und Hof anfallenden Aufgaben – solange man sie nicht selbst übernahm – jemanden hatte, der sich auskannte. Das galt für den Wohnungsanstrich ebenso wie für eine Reparatur am Auto. Man nannte das Nachbarschaftshilfe. Kein Mensch wäre auf die Idee gekommen, solcherart gegenseitiger Unterstützung als Schwarzarbeit zu bezeichnen, zumindest nicht auf dem Land, da wo wir wohnten und wo es an der Tagesordnung war, dass man sich gegenseitig half. Die Regel war: Hilfst du mir, dann helfe ich dir. Nur da, wo eine gegenseitige Hilfe nicht direkt infrage kam, da wurde auch bezahlt.

Vater beklagte sich zuweilen über diese Praxis der gegenseitigen Leistungen, des Vergütens einer Leistung durch eine andere. Das bedeutete nämlich, dass von Vater, wenn er die Hilfe von anderen auf unserem Hof annahm, wenn er sich wieder mal Pferd und Wagen lieh, um die Ernte einzubringen, nicht etwa Bezahlung erwartet wurde, was ihm sehr recht gewesen wäre, nein, er sollte sich einbringen. So manches Mal, wenn ich ihn fragte, warum er Hilfsangebote nicht annahm, nannte er das als Grund und machte die Arbeit zwar mühsam, aber lieber selbst.

Es sollte nicht lange dauern, da hatte ich jede Menge Anfragen. Mal war ein Plattenspieler kaputt, mal eine Steckdose anzubringen oder ein Licht zu reparieren. Jede Familie hatte ein Radio, aber nur wenige hatten einen Fernseher – auch bei uns zu Hause gab es bis zum Ende meiner Lehrzeit keinen.

Allerdings wurde ich für meine »Nachbarschaftshilfe« direkt bezahlt. Meistens hatte ich zwar das Problem, dass ich nie so richtig wusste, was ich nehmen sollte, doch die individuell gestalteten Preise für meine Dienstleistungen erwiesen sich wohl als moderat; jedenfalls erlebte ich nie einen Einspruch.

Natürlich waren solche »Taten« Schwarzarbeit. Doch mir fehlte in dieser Hinsicht jedes Unrechtsbewusstsein. Auch in der Firma oder unter den Kollegen war das kein Thema. Ich kannte wirklich niemanden, der sich nicht durch gelegentliche Arbeiten bei Nachbarn ein paar Mark hinzuverdiente. Außerdem wurde objektiv niemand geschädigt, zumindest aus meiner Sichtweise. Denn meine Auftraggeber wären nie auf den Gedanken gekommen, einen regulären Handwerker mit Rechnung und allem Drum und Dran zu beauftragen. Dann ließ man es lieber sein oder schob es auf, bis es gar nicht mehr ging.

Nun – mir fehlte wohl ein Gen, um zu erkennen, dass mein Handeln auf Kollisionskurs mit den Gesetzen lief.

So kam schließlich, was kommen musste. Eines Tages sprach mich ein Nachbar an, der eine neue Fernsehantenne brauchte, und ich sollte sie bauen. Das Material nahm ich gewöhnlich aus der Werkstatt mit, um es dann nach erfolgter Arbeit zu ersetzen. Dazu kaufte ich die Einzelteile im gewohnten Großhandel ein.

Ich bepackte also nach Feierabend mein Fahrrad und steuerte schwer beladen mit Antennenkabeln und anderem Material nach Hause. An einer stark befahrenen Ampelkreuzung musste ich anhalten und plötzlich befand sich ein Wagen neben mir.

Am Steuer saß Fritz Schlesier, der Bruder des Chefs. Wir grüßten uns und er fuhr weiter.

Mich beschlich ein mulmiges Gefühl. Das konnte nicht gutgehen, und tatsächlich wurde ich am anderen Morgen, kaum dass ich die Werkstatt betreten hatte, zum Chef gebeten. Auch die Chefin war zugegen.

Herr Schlesier schaute mich an und sagte nur: »Bitte richte deinem Vater aus, dass wir ihn in den nächsten Tagen einmal sprechen möchten.«

Ich war wie vom Donner gerührt. Auch unausgesprochen war klar, worum es ging.

Zu Hause bat ich Vater um den Besuch in der Firma und gleich am nächsten Tag kam er gegen Ladenschluss vorbei. Er wurde direkt ins Büro geführt und ich wurde dazu gerufen.

Der Chef kam gleich zur Sache und schilderte mein Vergehen. Vater hörte sich das an und ohne einen Kommentar oder sonstige Äußerungen fragte er mich, und das rechnete ich ihm hoch an, was ich denn dazu sagte.

Mir blieb gar nichts anderes übrig, als die Sache zuzugeben. Es war ja offensichtlich und ich auf frischer Tat ertappt worden. Was sollte ich da leugnen oder Ausreden erfinden. Das hätte die Sache nur noch schlimmer gemacht.

Dann aber legte Frau Schlesier nach und brachte auf den Tisch, was ihr an mir nicht gefiel. In ihren Augen war ich aufmüpfig, gab Widerworte und verhielt mich nicht unterwürfig genug. Sie war der

Meinung, dass ich mich von einem so netten Jungen zu einem widerborstigen Lehrling entwickelt hatte.

Ich wehrte mich und versuchte zu erklären, dass ich zwar Lehrling, aber nicht Mädchen für alles sein wollte. Ich fühlte mich völlig überfordert und der Situation nicht gewachsen. Schließlich flossen Tränen. Doch Vater ließ mich spüren, dass er auf meiner Seite stand und Verständnis für meine Situation hatte.

Es ging ja gar nicht mehr in erster Linie um die Schwarzarbeit, die wohl auch in den Augen der Schlesiers eher ein Kavaliersdelikt war. Nein, diese Sache bot ihnen eine prima Gelegenheit, mit der aufkommenden Renitenz des vorlauten Stifts fertigzuwerden. Die konträren Ansichten ihres Personals, namentlich die Werkstattbesatzung, zu Gott, Kirche, Vaterland und Obrigkeit waren ihnen natürlich nicht verborgen geblieben. Genau da lag aus ihrer Sicht die Quelle meines unbotmäßigen Verhaltens. Und da sie schlecht auf meine Kollegen losgehen konnten, ohne dass die Arbeit gelitten hätte, bekam ich den ganzen Ärger ab. Schließlich gelobte ich Besserung. Wir hatten uns ausgesprochen und alles schien wieder in Ordnung.

Schweigend gingen Vater und ich heim. Auch für ihn war der Gang zu meinem Chef sicher nicht einfach und in gewisser Weise auch demütigend gewesen. Ich konnte mich auf dem Heimweg nur bei ihm bedanken. Aber mehr besprachen wir nicht, obschon die Gelegenheit sich dafür sicher anbot. Doch so nah waren wir uns nicht.

Die Schwarzarbeit war damit zunächst einmal – weitgehend – eingeschränkt, und die Chefin behandelte mich von da an nicht mehr so sehr von oben herab; zumindest vorläufig.

Die große Fahrt

Unsere bevorzugten Ziele auf den Wochenend-
fahrten mit der Pfadfindersippe waren die Dörfer
in der hügeligen Gegend im Südwesten der Stadt.
Mit dem Fahrrad ging es über eine Hochfläche im
Vorland des Mittelgebirges. Eine schöne Gegend,
aber für Jungs mit schweren Fahrrädern, zum Teil
nur mit Dreigang-Schaltung, keine bequeme Sache.

Meistens suchten wir uns abends eine idyllische
Wiese an einem Bach, fragten den Bauern um Erlaubnis und schlugen dort unsere Zelte auf. Wir
verbrachten ein ganzes Wochenende mit allerlei
pfadfinderischen Übungen, mit Singen und Ko-
chen über einem Lagerfeuer, bevor wir uns dann
sonntags am frühen Nachmittag wieder auf den
Heimweg machten. Doch einmal im Jahr sollte eine
richtig große Fahrt folgen, über mindestens zwei
Wochen und, wenn möglich, auch weiter weg.

Schließlich hatten wir ein Ziel gefunden. Die
Fahrt sollte über insgesamt zwei Wochen in die Ei-
fel gehen. Mit dem Zug würden wir an- und abrei-
sen. Zu unserem Trupp gehörten vier Sippen und
in jeder waren fünf Pfadfinder. Wir hatten einen
kühnen Plan: Jede Sippe sollte sich vom Bahnhof
aus auf unterschiedlichen Wegen aufmachen, um
dann nach vier Tagen das gemeinsame Ziel zu erreichen. Dort würden wir die restliche Zeit zusammen verbringen.

Vom Bahnhof zum Zeltplatz waren es etwa dreißig Kilometer, die jede Sippe in vier Tagen bewältigen musste. Der Clou war aber, dass wir unterwegs weder Zelt noch Verpflegung dabeihatten, abgesehen von einer Notration aus einigen Früchteriegeln und »Trockenfutter« aus Altbeständen der Bundeswehr. Jeder hatte seine Zeltplane dabei und einen Schlafsack. Verpflegen wollten wir uns, indem wir bei Bauern und Kirchen um Essen baten.

So war der Plan, und fast alle Eltern stimmten der Reise zu. Tatsächlich waren wir fünf in jeder Sippe; nur vier Jungs aus unserem Trupp fuhren nicht mit. An einem Samstag in aller Früh ging es los. Schließlich kamen wir am frühen Nachmittag an und von dort trennten sich unsere Wege. Direkt am Bahnhof legten wir noch mal unsere Route fest, auf der wir die nächsten Tage unterwegs sein würden.

Das Wetter war sonnig und trocken, sodass wir ein Zelt am wenigsten vermissten. Außerdem konnte man aus der Zeltbahn, die jeder dabeihatte, mit einem einfachen Stock ein Einmannzelt bauen und blieb so vor möglichem Regen geschützt. Doch es regnete nicht und das sollte in den nächsten drei Wochen auch so bleiben.

Ausgerüstet mit Karte und Kompass hatten wir dank vieler Übungen keinerlei Probleme, unseren Weg zu finden. Mit mir als Anführer meiner Sippe führte uns unsere Strecke beständig an Wasserläufen entlang durch Wälder.

Alles war so, wie wir es uns vorgestellt hatten. Es gab keine Komplikationen. Wir waren allein in Wald und Flur und kaum, dass uns mal jemand begegnete. Um die Mittagszeit fragten wir bei den am Wegesrand liegenden Höfen an und ließen uns einladen. Meistens bekamen wir sogar noch eine Wegzehrung mit. Wir waren immer willkommen.

Nach zwei Tagen stießen wir auf ein Kloster – eine willkommene Abwechslung. Ich klingelte an der Pforte und, nachdem uns eine Nonne streng gemustert hatte, stellte ich uns vor und erklärte, was wir in der Gegend machten und woher wir kamen. Unsere Heimatstadt mit Bischofssitz war natürlich bestens bekannt und unsere Zugehörigkeit zur Katholischen Pfadfinderschaft öffnete uns schnell Herzen und Küche.

Nach gut zwei Stunden zogen wir satt und zufrieden davon, unserem Ziel entgegen. Schließlich erreichten wir unseren Sammelplatz, das Ulmener Maar. So langsam trudelten alle Sippen ein und es gab ein großes Hallo. Die Stammesleitung und einige Helfer hatte die Woche über schon das Lager aufgebaut. Nur unsere Zelte fehlten noch. Die sogenannten Kohten wurden nun aus den einzelnen Zeltbahnen, die wir mitgebracht hatten, zusammengesetzt. Im Nu war das Lager fertig.

Rund um das Lagerkreuz, das hoch in den Himmel ragte, waren unsere Kohten aufgebaut, für jede Sippe eine, und zusätzlich das Küchenzelt. Nur den Donnerbalken, den mussten wir – in genügendem Abstand zum Lagerplatz – noch anlegen. Am Ufer des Sees gab es einen kleinen, nur wenige Meter breiten Kiesbereich, sodass auch für Waschgelegenheiten genügend gesorgt war. Es war ein ideales Lager und wir waren bereit für fast zwei Wochen Pfadfinderferien.

Für einen Nachmittag hatten wir einen Marsch geplant, bei dem es darum ging, einen vermeintlich Verletzten über den See, das Ulmener Maar, ins Lager zu transportieren. Wir zogen also los, und es verstand sich fast von selbst, dass bei der ganzen Sache Karte und Kompass zur Anwendung kamen. Meistens war es so, dass jede Sippe einfache Koordinaten erhielt, die zu dem Verletzten führten, und dann auf sich gestellt war.

Meine Sippe und ich machten uns also auf und alles lief prima. Schließlich hatten wir das Ganze, Karte einnorden und Ziele nach Kompass ansteuern, schon dutzende Male gemacht. Ein leichtes Spiel für uns, das aber dennoch Genauigkeit erforderte, weil man sonst, bei falscher oder nachlässiger Handhabung des Kompasses, das Ziel verfehlen konnte. Wie sich später herausstellte, war genau das einer anderen Sippe passiert. Sie waren am Lager vorbeimarschiert, und zum Pech kam dann auch noch der Spott.

Schließlich kam der Hauptteil unseres Ausflugs. Der vermeintlich Verletzte musste transportiert werden. Also besorgten wir uns im nahen Wald zuerst ein paar Stangen aus kleinen Bäumen und bauten eine Trage für ihn. Der Verletzte sollte von dem Kleinsten, der am wenigsten wog, gespielt werden.

Er wurde fachgerecht verbunden – auch das gehörte natürlich zur Aufgabe – und auf der provisorischen Bahre befestigt, damit er nicht herunterfallen konnte.

So zogen wir los. Ein Teil unseres Weges führte uns an einer Straße vorbei, auf der reger Autoverkehr herrschte. Kaum liefen wir im Gänsemarsch auf der Bankette der Straße, zwischen uns die Trage mit dem Verletzten, hielt auch schon jemand mit quietschenden Reifen und bot Hilfe an.

Wir dankten, klärten den verdutzten Fahrer auf und lehnten freundlich ab.

»Sieht aber verdammt echt aus«, brummte dieser und fuhr davon.

Das passierte uns mindestens vier weitere Male auf den etwa fünfhundert Metern, die wir an der Straße entlang mussten. Schließlich war das Seeufer erreicht.

Der Plan war nun, den Verletzten auf eine Luftmatratze zu binden und diese samt Last schwimmend über den See zu bugsieren. So der Plan. Kaum jedoch, dass der Verletzte, der ja angeschnallt war, auf der Matratze lag, drehte sich diese um ihre Längsachse und unser Delinquent hing kopfüber im Wasser.

Schnell stellten wir die Normallage wieder her. An eine Fortführung des Experiments war allerdings und glücklicherweise nicht zu denken. Unser Verletzter protestierte laut und forderte, ihn loszubinden. Er hatte ganz einfach Schiss – zu Recht!

Auch mir wurde mulmig. Wäre das in der Mitte des gut zweihundert Meter tiefen Sees passiert, hätten wir ein ernstes Problem gehabt. Wir kamen überein, dass der Verletzte sich, diesmal freibeweglich und – wie es sich gehörte – in einer statisch stabilen Lage, nämlich bäuchlings, auf die Luftmatratze legen sollte und wir ihn schwimmend schieben würden.

Es wurde ein großer Spaß und wir hatten das Ziel der Übung in jeder Beziehung erreicht. Zur Belohnung bekamen wir einen Wimpel vom Stammesführer überreicht.

Die Zeit ging flugs rum und schließlich kam der Moment, wo wir uns nach langer Reise am heimatlichen Hauptbahnhof voneinander verabschiedeten. Diesmal um eine schöne Zeit und viele Erinnerungen reicher.

Meine Kollegen würden zwar wieder über unsere vormilitärischen Übungen lästern – mochten sie noch so recht haben, wir hatten schöne Ferien gehabt.

Das Gesellenstück

Nach drei Lehrjahren war es an der Zeit, dass ich mir Gedanken zu meinem Abschluss, der Gesellenprüfung, machte. Üblicherweise wurde eine Handwerkerlehre mit einer praktischen Arbeit, dem Gesellenstück, und einer ergänzenden theoretischen Prüfung beendet. Mit dem Gesellenstück sollte der Lehrling seine erlernten Fähigkeiten nachweisen und beweisen, dass er anschließend als Geselle einen vollwertigen Arbeitsplatz ausfüllen konnte.

Nach reichlicher Überlegung entschied ich mich dafür, als Gesellenstück einen Stereoverstärker zu bauen – und zwar so, dass ich alle Komponenten, bei denen dies möglich war, selbst anfertigte. Dazu gehörten das Chassis, auf dem alle Bauteile zu montieren waren, das Gehäuse und alle Schaltkreise. Alles, was dafür geeignet war, wollte ich selbst herstellen und montieren. Rundum also – im wahrsten und besten Sinne des Wortes – eine Handarbeit!

Das ganze Projekt musste aber noch sowohl mit meinen Kollegen Heinz und Herbert als auch und vor allem mit der Kreishandwerkerschaft und natürlich mit meinem Lehrherren, dem Chef, abgestimmt werden. Denn schließlich war es üblich, dass der Lehrherr das Gesellenstück bezahlte. In meinem Fall handelte es sich aber lediglich um ein paar Bauteile, etwas Kunststoff, Metallplatten und natürlich meine Arbeitszeit. Die Kosten für das Material waren mit circa hundert Mark durchaus überschaubar – aber immerhin. Wie erwartet stimmten alle dem Plan zu und ich konnte loslegen.

Nun war es aber nicht so, dass ich mit der Arbeit beginnen konnte und nach einer oder zwei Wochen das fertige Produkt in den Händen hatte, nein, das Projekt musste nebenher, neben der Tagesarbeit erfolgen, immer dann, wenn sonst wenig zu tun war.

Ich machte mich also an die Arbeit und plante zunächst die technischen Details. Auf jeden Fall sollte es als Verstärker für die Musikwiedergabe von Plattenspielern und Tonbandgeräten konstruiert sein, aber auch als Mikrofonverstärker dienen.

Die meisten stationären Geräte der Unterhaltungsindustrie wurden mit elektronischen Röhren betrieben. Erst allmählich setzte sich die Transistor- oder, korrekter ausgedrückt, die Halbleitertechnik durch. Selbstverständlich sollte mein Gesellenstück mit Transistoren betrieben werden. Die Verdrahtung der einzelnen Bauelemente, wie Kondensatoren, Widerstände, die Transistoren und was sonst noch so dazugehörte, wollte ich auf einer selbstgefertigten Leiterplatte montieren. Ordentlich geplant war das kein Hexenwerk.

Das weitaus größte Hindernis stellte allerdings das Gehäuse dar. Zwar gab es ein schmales Angebot an fertigen Gehäusen, doch die waren entweder zu groß oder zu klein und in allen Fällen zu teuer. So entschloss ich mich, selbst eines zu bauen.

Um Blech zu einem Gehäuse zu biegen, hätte ich eine Abkantbank gebraucht, aber die mechanischen Werkzeuge in unserem Betrieb waren begrenzt. Eine Abkantbank gehörte nicht dazu. Doch nach einigen Überlegungen ließen sich die benötigten Bleche für das Chassis und den Deckel am großen Schraubstock abkanten und in Form bringen.

Nach und nach, oftmals auch an Samstagen, kam ich mit meiner Arbeit voran. Schließlich waren die einzelnen Bauteile fertig und konnten zusammengebaut werden. Vorher jedoch musste das Gehäuse noch lackiert werden. Ich entschied mich für einen hellgrünen Hammerschlag-Lack und fand, das sah alles recht schick und professionell aus. Schließlich hatte ich alles montiert und im Praxistest zeigte sich dann auch die Funktionsfähigkeit des Stücks. Alles gut.

Natürlich war erkennbar, dass es sich keineswegs um ein industriell gefertigtes Teil handelte, aber es war deutlich mehr als eine semiprofessionelle Bastelarbeit. Es war ein echtes Stück Handwerk.

Am 30. September endete meine Lehrzeit und einige Wochen vorher sollte die Gesellenprüfung stattfinden, die üblicherweise in einen theoretischen und einen praktischen Teil gegliedert war. Ersterer wurde in der örtlichen Berufsschule abgehalten und umfasste Fachkunde, Fachrechnen und Allgemeinwissen. Der praktische Teil sollte in der

darauffolgenden Woche in der Werkstatt des Innungsmeisters absolviert werden.

Die Theorieprüfung war an einem Vormittag erledigt. Die Aufgaben waren moderat und ich bestand in allen Fächern mit einem – wie zu erwarten
war – Befriedigend.

In den dreieinhalb Jahren meiner bisherigen
Lehrzeit hatte sich das Handwerk der Radio- und
Fernsehmechaniker etabliert und wurde nun in der
Handwerkskammer mit einem eigenen, ehrenamt-
lich tätigen Innungsmeister vertreten. Wurden in
früheren Zeiten solche Ehrenämter nach Berufszu-
gehörigkeit, gesellschaftlicher Reputation und ge-
schäftlichem Erfolg vergeben und stellten somit
auch nach außen hin einen sichtbaren Rang dar, so
war das nach meinem Eindruck in unserem Handwerk, in unserer Stadt deutlich sichtbar nicht der
Fall. Der Innungsmeister machte den Eindruck, das
Amt bekommen zu haben, weil sich niemand sonst
bereit erklärt hatte. Er spielte geschäftlich allenfalls
in der dritten Liga und sowohl sein Geschäft als
auch seine Werkstatt repräsentierten dies deutlich.

Am Prüfungstag also packte ich meinen Verstärker ein und radelte zur Gesellenprüfung, prak-
tischer Teil. In der Werkstatt des Innungsmeisters
herrschten Chaos und schlechtes Licht. Wie konnte
man in so düsterer Umgebung arbeiten und einem
technischen Beruf nachgehen?

Ganz offensichtlich hatte er den Termin vergessen. Jedenfalls war er kurz angebunden, aber nach

etwa zehn Minuten trudelte auch sein Ko-Prüfer von der Kreishandwerkerschaft ein.

Ich hatte mich auf eine umfangreiche theoretische und praktische Präsentation meines Gesellenstücks eingestellt, doch das interessierte die Herren weniger. Also erklärte ich kurz, wie ich den Verstärker konzipiert und gebaut hatte, aus welchen Komponenten mit welchen Funktionen er bestand und welche Leistung er aufwies. Besonders stolz war ich ja darauf, dass ich buchstäblich alle Komponenten, bis auf die elektronischen, selbst hergestellt und montiert hatte. So gesehen, war es durchaus ein Unikat und eine Rarität.

Doch als ich mich anschickte, das Stück aufzuschrauben, um alles zu zeigen, nahm mir der Meister das Teil nur aus der Hand, hielt es hoch und drehte es um seine Achsen. Dann gab er es mir zurück und sagte: »Hm, ganz nette Arbeit.« Und das war's. Die ganze Sache hatte nicht länger als zehn Minuten gedauert. Meine Arbeit wurde mit einem Befriedigend »belohnt«.

Ich war nun Geselle des Radio- und Fernsehhandwerks und mir sollten die Türen der Welt sperrangelweit offenstehen. Doch richtige Freude wollte sich nicht einstellen. Zum einen hatte ich für mein Gesellenstück, das nicht einmal richtig geprüft worden war, eine Drei kassiert, was im Vergleich zu meiner Leistung eine erbärmliche Note war, vergeben von einem erbärmlichen Handwerksmeister. Zum anderen gab es einen weiteren Grund für meine etwas gedrückte Stimmung. Ich hatte mir nämlich vorgenommen, direkt nach der Lehre die Stelle zu wechseln, in einen anderen Betrieb zu gehen, wo ich dazulernen konnte und Gelegenheit bekam, meine praktischen Defizite auszugleichen.

Außerdem hatte ich mich in den Monaten zuvor immer weniger gut mit den Schlesiers vertragen. In ihren Augen war ich weiterhin der kaum über eins fünfzig kleine Lehrjunge, der alles zu machen hatte, was man ihm sagte.

In gewissem Sinne traf das genauso auf meine Kollegen Heinz und Herbert zu; auch für sie war und blieb ich der Stift. Als Heinz mich bei einem Kunden wie einen dummen Jungen behandelte, zumindest empfand ich es so, gab ich ihm eine patzige Antwort. Gerne hätte ich das schon in dem Moment zurückgenommen, als es meine Lippen verließ. Doch zu spät. Kaum saßen wir im Auto, blaffte Heinz mich an. Eilig entschuldigte ich mich, was ich auch getan hätte, wenn er nichts gesagt hätte – und gut war's.

Es hieß ja auch, wer in seinem Lehrbetrieb blieb, war für immer der Stift – auch für die Verkäuferinnen, die mich gerne mal Kartons schleppen ließen. Mir stank das gewaltig. Nach dreieinhalb Jahren Lehrzeit war ich siebzehn, inzwischen gewachsen und mehr denn je rebellisch.

Hinzu kam, dass sich Herbert auf seine Meisterprüfung vorbereitete, um sich dann als Selbstständiger niederzulassen. Heinz kränkelte seit einigen Monaten und es war absehbar, dass der ganze

Werkstattbetrieb sich verändern würde. Wir hatten auch nicht den Eindruck, dass der Chef investieren wollte. Kurzum, mich erwarteten dort keineswegs rosige Zeiten. Als Lehrling hatte man allenfalls die Grundlagen des Berufs erhalten, danach sollte die eigentliche Lehrzeit, die Vervollkommnung der Fähigkeiten beginnen. Doch das würde mir mein Lehrbetrieb nicht bieten können. Also nichts wie weg und das möglichst schnell.

Doch es gab einen entscheidenden Widerstand gegen einen Wechsel: Auf Unterstützung von meinen Eltern konnte ich nicht hoffen. Mutter hielt von solchen Wechselgedanken überhaupt nichts. Vater dagegen, der ja selbst eine Tischlerlehre gemacht hatte, wenn auch schon vor langer Zeit, konnte sich wohl gut in meine Lage versetzen und verstand mich. Doch er sagte nichts dazu. Tonangebend war Mutter und in ihren Augen hatte ein Lehrling seine Dankbarkeit darin zu zeigen, dass er noch einige Jahre in seinem Lehrbetrieb blieb und sozusagen seine Ausbildungskosten abarbeitete.

Diese Ansicht war zwar zeitgemäß und fand natürlich bei allen Chefs, den Klerikern und überhaupt bei der sogenannten Obrigkeit große Zustimmung, entsprach aber keineswegs den realen Verhältnissen. Gerade bei meinem Arbeitsverhältnis konnte keine Rede von einer Bringschuld sein. Im Gegenteil lag die Wahrheit. Statt eine vernünftige Ausbildung zu bekommen, hatte ich allein durch den Bau vieler Dutzend Antennen profitable Arbeit geleistet.

Mutters Willen folgend, blieb ich noch in der Firma. Schließlich hatten wir uns darauf geeinigt, dass ich mindestens bis zu meinem Führerschein zum achtzehnten Geburtstag, also noch ein knappes Jahr, bei Schlesier bleiben sollte.

III Häutungen

Die Lehrzeit war beendet und der Junge war auf dem besten Wege, sich zu orientieren. Bisher hatte sein großes Interesse, seine Leidenschaft, den Pfadfindern gegolten, doch das sollte sich ändern.

Sein Stamm löste sich langsam, aber stetig auf. Immer weniger Jungen interessierten sich für diese Art der Freizeitgestaltung. Die ehemals klaren und pyramidalen Hierarchiestrukturen kamen aus der Mode. Zwar hatte er noch einen Führungskurs zum Hilfsfeldmeister in der Pfadfinderschaft absolviert, die Abschlussprüfung aber schon nicht mehr mitgemacht. Alles hatte seine Zeit und für ihn war diese nun zu Ende.

Angesagt war jetzt die Musik der Beatles, die in den Charts der USA die ersten fünf Plätze belegten – eine Sensation. Im Jahr 1964 entwickelten die Amerikaner John Kemeny und Thomas Kurtz die später weltberühmte Programmiersprache BASIC und Willy Brandt wurde SPD-Vorsitzender in Nachfolge von Erich Ollenhauer. Auch da ging eine Ära zu Ende und es deutete sich viel Rebellion an. In Berlin muckten die ersten Studenten auf und begannen, den »Muff aus tausend Jahren unter den Talaren« hervorzukehren.

All diese Dinge beeinflussten sein Denken, Handeln und Leben noch nicht; zum großen Teil nahm er sie nicht mal wahr, aber er befand sich auf dem Weg.

Die Freunde des Jungen waren jetzt gleichaltrig oder etwas älter. Mit zweien war er besonders oft zusammen, Oliver und Franz. Ersterer wohnte mit seiner Mutter in einer Wohnung in der Innenstadt. Sein Vater war schon früh, als Oliver noch ein Kleinkind war, an der Spätfolgen einer Kriegsverletzung gestorben. Er ging auf das neusprachliche Gymnasium. Franz war auf dem altsprachlichen, wo sie auch Griechisch und Latein lernten, und wollte Rechtsanwalt werden, wie sein Vater.

Immer öfter trafen sie sich unter der Woche nun zu dritt. Sonntags zogen sie los, liefen durch die Stadt, gingen manchmal, aber eher selten auch in eine Kneipe und diskutierten über Gott und die Welt. Frauen spielten in ihren Gesprächen weniger eine Rolle. Dabei war es ganz und gar nicht so, dass sie sich nicht für Mädchen interessierten, ganz im Gegenteil – aber sie waren etwas altklug der Meinung, dass sich das schon irgendwie ergeben würde.

Jetzt standen erst einmal andere Themen im Vordergrund. Es war noch nicht lange her, dass John F. Kennedy ermordet worden war; und aus Berlin, von den dortigen Hochschulen, hörte man auch nichts Gutes. Die Regierung der CDU schien nun langsam überfällig, und Willy Brandt versuchte es immer wieder. Sie hatten wahrlich Gesprächsthemen genug.

Das Erscheinungsbild der drei war eher konservativ, aber durchaus zeitgemäß. Wenn irgend möglich trugen sie Anzüge, mindestens aber Sakko, Hemd und schmale Krawatte.

In den Gesprächen und Diskussionen mit Oliver und Franz, die zwei Jahre später ihr Abitur machen würden, wurde dem Jungen peu à peu immer deutlicher, wo seine intellektuellen Grenzen lagen. Er hatte zwar einen respektablen Beruf und war mit siebzehn bereits geprüfter und vollwertiger Handwerker in einem überaus zukunftsträchtigen Bereich, doch das ersetzte keineswegs das Wissen und die Allgemeinbildung, mit denen die beiden gymnasialen Kumpel glänzen konnten. Je tiefer die Diskussionen gingen, desto offensichtlicher wurde der Bildungsunterschied zwischen ihnen.

Es war nicht nur so, dass die Gymnasiasten ein angelerntes breiteres Wissen hatten, dass sie zwei Fremdsprachen lernten und auch leidlich beherrschten. Weitaus wichtiger war, dass sie durch ihre Schulbildung lernten, wie man lernt und wie und wo man sich weiterbildet. Von all dem wusste der Volksschüler nichts.

Der Junge wäre niemals auf die Idee gekommen, eine Zeitung zu abonnieren. Gelegentlich kaufte er mal einen »Spiegel« oder die »Zeit«, ganz selten die sich durch ambitionierte Fotografie, Sprache und Themen ultramodern gebende Jugendzeitschrift »Twen«. Doch er hatte schnell erfahren müssen, dass er nur die Hälfte der Artikel, Essays und all der intellektuellen Ergüsse, mit denen sich diese Blätter schmückten, verstand. Also verzichtete er. Er war keiner, der mit einem Lexikon herumlief.

Allerdings stand ihm deutlich vor Augen, dass sich etwas ändern müsste, wenn er mithalten wollte. Und das wollte er ja auf jeden Fall und unter allen Umständen, mithalten können, dabei sein, mitreden können. Da war er sehr ehrgeizig.

Dennoch, konkrete Vorstellungen von seiner Zukunft hatte er bislang nicht. Wenn er aber eines gesehen hatte, in den vielen Häusern bei den vielen Kunden, die er in den vergangenen Jahren kennengelernt hatte, dann dass ein gutes Leben, Wohlstand und auch Einfluss erstrebenswert schienen. Da wollte er hin.

Somit wurde das Ziel, oder zumindest dessen Auswirkungen, klarer und erste Umrisse, Konturen tauchten aus dem Nebel seiner noch diffusen Zukunftsvorstellung auf. Ganz deutlich stand ihm aber vor Augen, dass dies ohne weitere Bildungsabschlüsse oder gar ein Studium nichts werden konnte.

Er diskutierte das Thema mit seinen Freunden rauf und runter. Dabei kam ihm zugute, dass er bereits über Berufserfahrung verfügte und so Dinge beurteilen konnte, von denen seine Freunde keine oder nur theoretische Ahnung hatten. Zu dritt besprachen sie auch die Karrieremöglichkeiten im Handwerk, in seinem Beruf.

Der nächste logische Schritt würde sein, dass er mindestens fünf Jahre als Geselle arbeiten musste, um dann zur Meisterprüfung zugelassen zu werden. Anschließend könnte er sich selbstständig machen oder als angestellter Meister arbeiten, vielleicht bei einem Hersteller. Doch egal, wie man es drehte oder wendete, solch eine Karriere blieb eindimensional; das stellten die drei schnell fest.

Kurzum, der große Wurf, was immer das auch sein mochte, würde nur über einen höheren Bildungsabschluss und ein Studium möglich sein. Zu seinen noch verschwommenen Vorstellungen gehörte ein Studium in einem Ingenieurfach. Das lag nahe, denn er hatte ja einen technischen Beruf erlernt, und somit war das die logische Folge.

Die Idee, dass ein anderer Beruf vielleicht geeigneter sein könnte, kam ihm erst gar nicht. Denn das hätte ja einen totalen Neuanfang bedeutet. Schließlich hatte er doch gerade erst eine Ausbildung erfolgreich abgeschlossen. So etwas gab man nicht einfach auf. Zu anderem Denken war er einfach nicht erzogen worden.

Der Weg zum Ziel, zu höheren Weihen, zum Studium, setzte aber zunächst einmal einen entsprechenden Schulabschluss voraus. Wenn er Ingenieur werden wollte, brauchte er mindestens die mittlere Reife und zusätzlich zu seinem Gesellenbrief noch ein Industriepraktikum. Nachträglich erwerben ließ sich die mittlere Reife, auch die Fachhochschulreife oder das kleine Abitur genannt, auf dem zweiten Bildungsweg, in Abendschulen oder in dreisemestrigen Fachoberschulen.

Die Politik hatte erkannt, dass mehr junge Menschen den Weg in akademische Berufe finden mussten, wollte man Wohlstand und Wachstum, besonders in den technischen Bereichen, erhalten und fördern. Deshalb wurden viele neue Hochschulen gebaut und mit dieser Reform auch die Zugangsbedingungen überdacht. Der sogenannte zweite Bildungsweg sollte Menschen mit einer Berufsausbildung, aber ohne reguläres Abitur den Weg in die Hochschulen ebnen.

Der gängigste Weg, bereits tausendfach erfolgreich absolviert, wäre der Besuch einer Abendschule, zum Beispiel eines Kollegs gewesen, wie es sie in jedem Bundesland gab. Dort konnte man in drei Jahren das Abitur erwerben. Der Vorteil lag auf der Hand, denn in dieser Zeit ging man weiter seinem Beruf nach und sorgte für das finanzielle Auskommen selbst.

Der Junge war sich bewusst, dass das ein sehr, sehr steiniger Weg sein würde. Das größte Hindernis auf diesem Weg war allerdings er selbst. Denn die Disziplin, zwei- bis dreimal pro Woche abends die Schulbank zu drücken, das lag so gar nicht in seinem Wesen, war nicht seins. So weit war er noch nicht. Er war noch zu jung, noch viel zu unruhig, viel zu hibbelig. Er würde noch reifen müssen.

Für ihn kam also nur der Besuch einer dreisemestrigen Tagesschule infrage. Natürlich könnte er in dieser Zeit kein Geld verdienen, doch er dachte daran, nebenbei zu jobben. Das würde sich schon ergeben und, ganz wichtig, er wohnte ja zu Hause.

Seine Eltern bekämen wieder das Kindergeld und später, im Studium, könnte er mit der staatlichen Unterstützung nach Bafög rechnen. Maximal anderthalb Jahre wären finanziell zu stemmen.

Das alles hatte er recherchiert, und so stand sein Plan. Nun galt es nur noch, die Eltern zu überzeugen. Dabei war es weniger wichtig, ob sie ihn unterstützten. Das stand außer Frage. Jede Form von Anstrengung, um weiterzukommen, würden sie nach Kräften fördern. Er musste sie nur von der Ernsthaftigkeit seines Plans überzeugen. Sie kannten ja seine Begeisterungsfähigkeit, seine Sprunghaftigkeit und das ebenso schnelle Abflauen seiner Interessen. In dieser Hinsicht war er, der Junigeborene, ein echter Zwilling, auch wenn er das gar nicht gern hörte und solche Sterndeutereien bei ihm und in der Familie verpönt waren.

Nicht alle aus der Familie, der Verwandtschaft und dem Freundeskreis waren begeistert und überzeugt. Immer wieder hörte er: »Du hast doch jetzt so einen tollen Beruf, warum reicht dir das nicht? Da kannst du doch auch weiterkommen! Du willst wohl was Besseres sein.« So und ähnlich sprach man. Und zuweilen klang dann deutlich die Kritik an dem Drang nach Höherem durch.

Doch er hatte ein schlagendes Argument: »So kann ich mir später keinen Vorwurf machen, es nicht versucht zu haben.« Das war durch nichts zu widerlegen.

Kurzum, seine Eltern signalisierten grünes Licht, und sollten Probleme auftreten, zum Beispiel finanzieller Art, würde man sie lösen, wenn es an der Zeit wäre.

Der Junge begann, sich ernsthaft nach Möglichkeiten für ein Industriepraktikum umzusehen. Das wollte er auf jeden Fall schon absolvieren, denn im Frühsommer '65 sollte die Aufnahmeprüfung für die Fachoberschule sein, die mit Beginn des folgenden Jahres startete.

Nach einigem Hin und Her hatte er in einer nicht weit entfernten Firma für Industrieprodukte einen Praktikumsplatz gefunden. Bereits zu Mitte Februar, also nicht einmal sechs Monate nach seiner Gesellenprüfung, konnte er anfangen. Endlich also konnte er kündigen und wurde bei seinem Chef, Herrn Schlesier, vorstellig. Er wollte ihm erzählen, was er plante, und nicht, nach nunmehr über vier Jahren in der Firma, einfach den Kündigungsbrief überreichen.

Die Schlesiers aber empfanden seine Kündigung wohl als persönlichen Affront. Sie reagierten stinksauer und zeigten das auch deutlich, als es um sein Gesellenstück ging. Es war nämlich üblich, dass ein frischgebackener Geselle sein Gesellenstück geschenkt bekam oder zumindest erwerben konnte. Aber das verwehrten sie ihm.

Doch ihn interessierten jetzt ganz andere Dinge. Wenn alles so lief, wie er es sich wünschte, würde er in wenigen Monaten wieder die Schulbank drücken und ein weiteres großes Kapitel konnte sich auftun.

Lehren fürs Leben und Eierlikör

Schon als Kind war ich an frühes Aufstehen gewöhnt. Das hieß aber nicht, dass ich langes Schlafen nicht zu schätzen wusste.

Die Arbeitszeiten während meiner Lehrzeit waren ursprünglich wie die Öffnungszeiten des Ladens gewesen – von halb neun in der Früh bis ein Uhr mittags, dann nach anderthalbstündiger Mittagspause, in der ich zum Essen nach Hause fuhr, ging es bis halb sieben am Abend weiter. Im Vergleich zu dem, was mich nun erwartete, waren dies sehr komfortable Zeiten gewesen. In der Aufzugsfabrik dagegen ging es, ob Regen, Sonne oder Schnee, pünktlich und mit Stechkarten kontrolliert um sieben Uhr los.

Der Umstieg von meinem beschaulichen Werkstattarbeitsplatz mit all den täglichen Abwechslungen und Kundenbesuchen zu der Eintönigkeit dieser lauten und dreckigen Fabrik war erst mal ein Schock. In den kommenden vier Monaten, abzüglich ein paar Urlaubstage, würde ich Metalle stanzen, Zylinder schleifen und Schaltschränke montieren. Sowohl die Arbeit als auch das Umfeld und die Kollegen unterschieden sich grundlegend von allem, was ich bisher kennengelernt hatte. Es war eine komplett andere Welt. Was mich am meisten störte, waren der Lärm und der Dreck.

Zunächst wurde ich an einer Stanzmaschine eingesetzt und hatte Tag für Tag Kleinteile aus Blechen zu stanzen, Tausende und Abertausende. Das war so ungefähr die eintönigste Arbeit, die die Fabrik zu vergeben hatte.

Schon immer hatte ich recht empfindliche Hände gehabt, die im Winter ständig rau und rissig waren. Um sie vor dem Dreck zu schützen, besorgte ich mir also ein Paar Arbeitshandschuhe. Ich hatte aber nicht mit der Boshaftigkeit meiner Kollegen gerechnet. Bei ihnen kam das gar nicht gut an. »Sieh an, der Herr Praktikant, unser Akademiker«, so gingen die Sprüche. Selbstverständlich wussten alle, warum ich das Praktikum machte, und damit galt ich per se als verdächtig; gehörte ich doch zukünftig vermutlich zur Kategorie der Chefs. Zumindest war das die Sicht der Kollegen. Flausen, wie Handschuhe bei der Arbeit, musste man solchen Leuten gleich austreiben, ehe es zur Mode wurde.

Natürlich sagte niemand etwas. Dafür aber hatte man spezielle Methoden und nutzte sie auch, meist zu aller Gaudi, ausgenommen des Betroffenen. Als ich eines Morgens meine Handschuhe überstreifen wollte, griff ich in glitschiges Fett. Man hatte mir Altöl in die Handschuhe gekippt und die gesammelte Abteilung stand feixend herum. Von da an versuchte ich, ohne auszukommen.

Als Praktikant gehörte ich nicht dazu. In den Mittagspausen saß ich üblicherweise allein, was mir auch nicht unrecht war. Einzig mein Vorarbeiter setzte sich ab und an mal zu mir. Mit ihm kam ich gut aus. Er wollte meistens von mir hören, wie ich mir meine Zukunft vorstellte, und wir sprachen über die Chancen in unseren Berufen. In dieser Zeit lernte ich auch die Bildzeitung schätzen, die man in der Kantine kaufen konnte. Sie brachte wenigstens etwas Abwechslung in die Pausen.

Nach zwei Monaten wurde ich in eine andere Abteilung versetzt, in der Schaltschränke produziert wurden. Da arbeiteten nur ausgebildete Elektriker und die Arbeitsbedingungen waren weitaus angenehmer als in der Fabrikationshalle.

Leider aber konnte ich während dieser Zeit nie begreifen, warum ein Praktikum dieser Art eine Bedingung war, um zur Fachhochschule zugelassen zu werden. Vertane Zeit, die später allenfalls zu Anekdoten diente. Die vier Monate gingen vorüber und am Ende hatte ich zwar nichts Wesentliches dazugelernt, war aber zweifellos reicher an Erfahrungen. Zu einer gehörte dann auch, dass ich zukünftig niemals, unter keinen Umständen meinen Lebensunterhalt in einer Fabrik verdienen wollte. Aber das Wichtigste war, ich hatte jetzt meine Bescheinigung – das Einzige, was zählte.

Neben all der Arbeit ließ ich aber meine Freizeit nicht zu kurz kommen. Ich traf mich weiterhin mit Oliver und Franz und auch mit einer Reihe meiner ehemaligen Schulkameraden.

An einem schönen Samstag im Frühsommer hatte mein Kumpel Rudolf zu einer Party eingeladen. Ich zog mich also entsprechend an: Anzug, weißes Hemd und schmale Krawatte. So zog ich los. Wir waren wohl an die zwanzig Leute, Jungen und Mädchen, alle um die sechzehn, siebzehn, einige wohl schon achtzehn Jahre alt. Die Musik, vorwiegend Rock 'n' Roll, war fantastisch und natürlich gab es auch Alkohol. Allerdings nur Bier, Eierlikör und Bowle.

Da ich zu jener Zeit für Bier geschmacklich noch nicht viel übrig hatte, was sich später gründlich ändern sollte, hielt ich mich nahe der Flasche Verpoorten auf. Das gelbe Zeug war süß, schmeckte vorzüglich. Mit Alkohol hatte ich es nicht so und über die Erfahrung, dass er meistens zeitlich verzögert Wirkung zeigt, verfügte ich noch nicht. Ich genoss also den Eierlikör wie süßen Pudding.

Es war noch keine zehn Uhr abends und ich bereits ratzfatz stinkbesoffen. Eine völlig neue Erfahrung. Ich wollte nur noch in mein Bett. Doch wie das anstellen? Immerhin lag eine Strecke von gut und gerne dreißig Minuten strammen Fußmarsches vor mir. Aufrecht gehen kam in meinem Zustand nicht mehr infrage.

Zum Glück hatte ich meine Kumpel: Zwei meiner alten Pfadfinderfreunde packten mich unter die Arme und wir schwankten, allesamt angeschlagen, Lieder singend zu mir nach Hause. Die beiden wohnten in einem anderen Stadtteil, ließen es sich aber nicht nehmen, mich zu begleiten. Ein Taxi zu rufen, wäre uns erst gar nicht in den Sinn gekommen. Das war zu teuer und entsprach auch nicht unserem Selbstverständnis.

Schließlich näherten wir uns wankend und schaukelnd unserem Haus. Anstatt mich aber einfach abzuliefern, brachten sie mich bis zur Haustür, lehnten mich dagegen, klingelten heftig und liefen davon. Dann versteckten sie sich an der Straße hinter einer dicken Kastanie und beobachteten von dort aus die weitere Entwicklung.

Vater öffnete die Tür und erfasste im gleichen Moment meinen Zustand. Er hakte mich unter, grinste breit und schob mich ins Haus, gleich die Treppe hoch in mein Zimmer. Sein Ältester kam das erste Mal sternhagelvoll nach Hause. Eine familienhistorisch durchaus bedeutende Sache für jeden Vater.

Zwischendurch rief er Mutter, die sich zu uns gesellte, und bat sie um einen Eimer, der auch flugs beschafft wurde. Sobald ich nämlich befreit von Krawatte, Hemd und Anzug erst mal in die Waagerechte käme, konnte alles Mögliche passieren und dann würde der Eimer gute Dienste tun. Und so geschah es auch.

Ich schlief lange in den Tag hinein und die Eltern ließen mich. Seitdem war Eierlikör bei mir durch – für sehr lange Zeit.

Im Bautrupp

Noch vor dem Ende meines Praktikums hatte ich einen unangenehmen amtlichen Brief erhalten. Ich hatte es fast vergessen, sie mich aber nicht. Die Rede ist vom Bund, von einer achtzehnmonatigen Wehrpflicht, die es im wehrfähigen Alter abzuleisten galt. Verschiebbar nur aus wichtigem Grund, zum Beispiel durch ein bereits begonnenes Studium, einen Schulbesuch oder Ähnliches. Der Bund vergaß einen zwar nicht, wollte aber auch keine Karrieren stören, zumindest nicht ohne Grund.

Ich war aufgefordert worden, mich einer Musterung zu unterziehen, und da ich kerngesund war, befand mich die Kommission für volltauglich. In den nächsten zwölf bis fünfzehn Monaten würde ich mit meiner Einberufung rechnen müssen. Einerseits war es angezeigt, solche unangenehmen Lebensabschnitte so schnell wie möglich zu erledigen, denn danach gab es kein Halten mehr, da war dann alles frei. Andererseits, wenn ich die Fachhochschulreife vorher einfahren könnte, umso besser. Möglicherweise würde mir das beim Bund noch nützen. Also meldete ich mich zur Aufnahmeprüfung an, denn das nächste Semester sollte nach den Sommerferien starten. Ich sah das ganz locker. Das würde schon klappen. Warum auch nicht?

Wir waren etwa dreißig Bewerber, die sich an einem Samstagvormittag in der örtlichen Berufsschule eingefunden hatten, um in Mathematik, Deutsch und anderen Fächern geprüft zu werden. Vorher hatten wir uns noch gegenseitig Mut gemacht und gewitzelt. Es kam der Spruch auf, die schönsten Prüfungen seien die, bei denen es um nichts gehe. In der Tat, einen aktiven Verlust konnte man nicht erleiden, nur den Bon für die Zukunft. Die Prüfungen dauerten über den ganzen Vormittag an, und das Ergebnis sollten wir in wenigen Tagen per Post erhalten.

Es reichte nicht. Für die Fachhochschulreife war ich wohl nicht reif genug. Ich war durchgefallen!

Die Enttäuschung war groß. Dieses »Was soll schon passieren? Es geht ja schließlich um nichts!« hatte zu einer sträflichen Nachlässigkeit geführt. Ich hatte mich zu sehr in Sicherheit gewogen, mich nicht ordentlich vorbereitet. Verdammt und zugenäht! Ich fluchte fürchterlich und war sauer auf mich selbst. Wie konnte man nur so bekloppt sein? Und was nun, die hochtrabenden Pläne auf Studium und Karriere aufgeben? Mitnichten, wenn man Alternativen hat – auch wenn ich gelegentlich dazu neigte, mir die Dinge schönzureden.

Ein lieber Verwandter, mein Vetter Jupp, war seit einigen Jahren im Fernmeldedienst der Bundespost und inzwischen Beamter im mittleren Dienst. Was er so erzählte, hörte sich gut und verlockend an.

Schon in meiner Lehrzeit hatte ich so manchen Abend mit Jupp verbracht, der in seinem Keller eine Hobbywerkstatt eingerichtet hatte und dort allerhand Nützliches zusammenbastelte. Jupp war gelernter Elektriker und vielfach begabt, sodass er auch außerhalb seines Fachs handwerklich glänzte. Vor allem aber war er von sehr ruhiger Art. Er sprach nie laut und war eher bedächtig. Sein Wort hatte Gewicht und aufgrund seiner Art genoss er, soweit ich das beurteilen konnte, den Ruf eines idealen Schwiegersohnes.

Er hatte mir erzählt, dass die Post Leute suchte, und gerade für einen ausgebildeten Fernsehtechniker sollten die Chancen überaus gut sein. Kurzum, die Post und die dortige Karriere schienen mir durchaus eine Alternative zu meinen Ingenieursüberlegungen. Sicher, beides war nicht vergleichbar. Aber ich war ja noch jung und in einer beständigen Findungsphase. Nach meinem Praktikum in der Fabrik hatte ich den Führerschein gemacht und als Fernsehtechniker gearbeitet. Es war eher ein Job denn eine Sache mit Aussicht. So oder so.

Ich schrieb also meinen Lebenslauf, gab mir Mühe, bewarb mich und –wurde genommen. Zum Ende des Jahres sollte ich anfangen, als Fernmeldehandwerker im Baubezirk des Fernmeldeamtes unserer Stadt.

Damit war die Schlappe der vergeigten Aufnahmeprüfung erst einmal retuschiert und vergessen. Auch bei meinen Eltern kam diese Entwicklung gut an. Der Junge war bei der Post – das war doch was! Sie atmeten deutlich auf.

Die Post war in Staatsbetrieb, eine Behörde, straff und vor allem hierarchisch organisiert. Das hieß, man fing unten an und arbeitete, oder besser, man diente sich langsam hoch. Wenn man als Seiteneinsteiger, also bereits mit einer fertigen Ausbildung zur Post kam, begann man in einem Baubezirk, um die praktische Fernmeldetechnik von der Pike auf zu lernen. Man machte zwar keine Lehre mehr, wurde aber in den wesentlichen Elementen dieser Technik unterwiesen und sollte sie kennenlernen, indem man etwa zwei Jahre lang verschiedene Abteilungen durchlief.

Danach würde einem dann die Beamtenlaufbahn offenstehen. Für ausgebildete Handwerker war das der mittlere Dienst, mit den schönen Titeln eines Sekretärs, Obersekretärs und so weiter. Davor allerdings mussten Prüfungen abgelegt und Kenntnisse in der postalischen Fernmeldetechnik nachgewiesen werden.

Doch das alles lag noch in der Ferne und würde frühestens zwei Jahre später zur Sprache kommen. Zunächst einmal war ich im Bautrupp. Mein Arbeitsplatz war der Baubezirk und unsere Aufgabe bestand darin, jede Art von Fernmeldeleitungen neu zu bauen oder zu reparieren und gelegentlich auch neue Anschlüsse in die Häuser und Wohnungen zu legen. Ich lernte, mit Steigeisen auf Masten zu klettern, dicke Kabel zu spannen und Leitungen zu verlöten.

Viele der Telefonkabel befanden sich in der Erde und wenn Störungen auftraten oder neu verkabelt werden musste, dann waren wir vom Bautrupp gefragt. Wir waren gewöhnlich zu viert: Hermann, Peter, Walter und ich. Sie waren schon länger dabei und Hermann, unser Vorarbeiter, hatte einen Postführerschein und war auch unser Fahrer, denn um einen Postwagen fahren zu dürfen, brauchte man eine extra Lizenz.

Morgens erhielt Hermann die Aufträge für den Tag und wir fuhren los, manchmal an die fünfzig Kilometer über Land, um unsere Arbeit zu erledigen. Musste ein Erdkabel repariert oder erneuert werden, dann schaufelten wir ein großes Loch, bis das Kabel in ein bis zwei Meter Tiefe freigelegt war. An Regentagen wurde ein Zelt über der Baustelle aufgeschlagen, sodass wir im Trockenen arbeiten konnten.

Im Laufe der Zeit hatte wohl jeder in unserem Trupp so seine Spezialität entwickelt. Hermann war besonders gut darin, zerrissene Kabel zu flicken, was eine sehr filigrane Arbeit war. Ich war, weil ich der Jüngste in der Truppe war, der Allrounder. Walter hatte bei der Post eine Lehre gemacht und war mit Ach und Krach durchgekommen. Meistens hatte er schon morgens um elf eine Bierflasche zur Hand. Wir anderen tolerierten das, denn Walter war eher für die gröberen Arbeiten mit Schaufel und Hacke zuständig. Manchmal allerdings konnte er sich kaum auf den Beinen halten und wir mussten aufpassen, dass er nicht in das

Loch fiel. Doch er war akzeptiert und ein ansonsten freundlicher und verlässlicher Kollege.

Die Arbeit war anfangs eine körperliche Herausforderung. Es war mitunter nicht so einfach, bei Schnee und Eisglätte oder auch bei glühender Hitze auf einen Mast zu steigen und dort oben filigrane Arbeiten an Kabeln und Hausanschlusskästen zu erledigen. Immerhin war ich auf diese Weise ständig an der frischen Luft, sommers wie winters braun gebrannt, und Husten und Schnupfen waren mir fremd.

Fürs Mittagessen hatten wir oftmals unsere Henkelmänner dabei. So etwas hatte ich das letzte Mal gesehen, als ich in den Schulferien manchmal mittags das Essen für Vater ans Werktor gebracht hatte. Vor dem Tor warteten Kinder und Frauen darauf, dass die Sirene ertönte, bevor die Arbeiter zum Tor strömten, um den Henkelmann mit dem warmen Mittagessen zu übernehmen. Möglich war das auch nur, weil die meisten direkt in der Nähe der Arbeitsplätze wohnten.

Nun aber waren wir ja mittags oft meilenweit von Kantinen und Gasthäusern entfernt. Außerdem wäre ein mittäglicher Gaststättenbesuch auf Dauer viel zu teuer gewesen. Also brachten wir unsere Henkelmänner selbst mit und machten sie, einer nach dem anderen, im Wasserbad warm. Wir hatten immer einen Gasbrenner an Bord und so konnten wir uns selbst versorgen. Nach den ersten Mahlzeiten dieser Art fragte ich mich, warum das Essen vom Vortag meist so ganz anders schmeckte als tags darauf aus dem Henkelmann. Bald kam ich drauf, dass aufgewärmter Grünkohl oder auch der ein oder andere Eintopf mit jedem Aufwärmen besser schmeckte. Das traf jedoch beileibe nicht auf alles zu, zum Beispiel auf Sauerbraten mit Soße und Klößen. So schien mir schließlich ein Butterbrot mittags doch die bessere Alternative.

Trotz dieses recht freien Lebens im Bautrupp wollten die wenigsten dort bleiben. Die meisten strebten andere, vor allem körperlich leichtere Tätigkeiten an.

Doch ich fühlte mich rundum wohl, und das lag nicht nur an der Arbeit, sondern auch daran, dass mein Gehalt bei der Post höher war, und an den insgesamt nicht schlechten Arbeitsbedingungen. In meiner Lehrzeit hatte es oft Überstunden gegeben und natürlich wurde, zumindest in den ersten Jahren und grundsätzlich, wenn Not am Mann war, auch samstags gearbeitet. Das gab es bei der Post nicht! Darüber wachte der Personalrat als Interessenvertreter aller Beschäftigten. Bei der Post war pünktlich Feierabend und wenn nicht, dann wurden die Überstunden bezahlt, und samstags war natürlich frei!

Nicht für immer

Bei meiner Einstellung und auch später hatte ich geäußert, dass mich der Fachbereich Übertragungstechnik und Funk, kurz ÜFU genannt, besonders interessierte. Tatsächlich fanden sich dort viele Elemente aus meinem Lehrberuf.

Ich war gerade mal etwas über ein halbes Jahr bei der Post, da bekam ich aus dem übergeordneten Fernmeldeamt das Angebot für eine Stelle im Bereich ÜFU. Zunächst würde ich mit einem mobilen Trupp unterwegs sein, um kleine Ämter auf moderne Vermittlungstechnik umzustellen. Da Neues mich schon immer begeistert hatte, sagte ich zu. Außerdem würde es mir ein Stück Freiheit geben, denn ich wäre die Woche über unterwegs. Nun, ich war inzwischen im neunzehnten Lebensjahr und recht froh, ein wenig herumzukommen.

Gerade hatte ich mich an das Leben auf Montage gewöhnt, als ich wieder einen der Briefe erhielt, die man nur ungern entgegennimmt. Absender: Kreiswehrersatzamt. Nach einigem Hin und Her stand fest, dass der Bund nicht auf mich verzichten wollte und ich offenbar unbedingt notwendig war, die Freiheit des Westens zu gewährleisten.

Am Monatsdritten im Januar würde ich einrücken müssen. Das war's also. Die nächsten achtzehn Monate war mit mir nicht zu rechnen. Aber die Situation hatte auch ihr Gutes. Jetzt war wenigstens klar, wann es losgehen sollte und – viel, viel wichtiger – wann es zu Ende sein würde.

Denn danach stand die Welt tatsächlich offen, ohne Grenzen.

Aber erst einmal war ich noch in Diensten der Post auf Montage. Wir waren fünf Kollegen. Montags trafen wir uns entweder im Fernmeldeamt und fuhren von dort aus mit einem Mannschaftswagen zu unserem Einsatzort oder, je nachdem wo uns unser Auftrag hinführte, direkt an der Baustelle. Dort bauten wir die alte Technik aus und die neue Vermittlungstechnik ein. Es war ein sauberer Kitteljob, technisch nicht sehr herausfordernd, dafür aber ohne Hektik.

Oft blieben wir einige Wochen an einem Ort. Es war uns überlassen, ob wir dort ein Zimmer nahmen oder abends nach Hause fuhren. Meine Kollegen waren alle verheiratet und kamen aus der Umgebung des Fernmeldeamtes. Da war es für sie durchaus möglich, abends heimzufahren und die Nacht im ehelichen Bett zu verbringen.

Ich besaß noch kein Auto und wohnte entweder in einer Pension oder baute mir in den Räumen der Vermittlungsstellen, zu denen so gut wie immer eine Toilette und auch Waschgelegenheiten gehörten, ein Feldbett auf. So sparte ich das Geld für Pension oder Hotel. Alles war gut!

Irgendwo hatte ich mitbekommen, dass mein ehemaliger Lehrmeister Heinz im Krankenhaus lag.

Heinz, sein Leben lang ein starker »Overstolzer«, hatte nun eine ernsthafte Lungenerkrankung.

Ich besuchte ihn und erzählte voller Enthusiasmus über meinen Job bei der Post und was da alles anders und besser war, besonders mein Gehalt und die freien Samstage.

Heinz lächelte und freute sich über meine Erzählungen und meine Begeisterung. Ich war ja sein Lehrling gewesen und so hatte er allen Grund, sich zu freuen, dass ich es gut getroffen hatte.

Ich verabschiedete mich bald und versprach wiederzukommen. Doch wie so oft, wenn ich mir etwas vornahm, kam das eine oder das andere dazwischen. Außerdem würde ich in wenigen Wochen Soldat sein. Das beschäftigte mich.

Heinz starb ein paar Wochen nach meinem Besuch lang und qualvoll an Lungenkrebs. Wir hatten privat so gut wie keinen Kontakt mehr gehabt, und so hörte ich von seinem Tod erst, als er schon beerdigt war. Da war mir, als wäre ein Teil von mir gegangen. Nicht, dass er mir unvergängliche Weisheiten vermittelt hätte. Aber Heinz hatte mich motiviert nachzudenken, die Dinge zu hinterfragen, kritisch zu sein, hatte mich zum Widerspruch ermuntert. Bei ihm hatte ich nicht nur meine handwerklichen Grundkenntnisse erhalten, sondern auch ein Stück weit das Selbstvertrauen, das mich noch oftmals retten sollte.

Zum Jahresende waren mir noch ein paar Tage Urlaub geblieben und so verabschiedete ich mich kurz vor Weihnachten von meinen Kollegen. Die nächsten anderthalb Jahre würden sie ohne mich auskommen müssen.

Die Zeit war auch in unserer Familie nicht stehen geblieben und hatte Veränderungen mit sich gebracht, leider traurige. Mutters Mutter, Oma Anna, war zwei Jahre zuvor im fünfundsiebzigsten Lebensjahr gestorben.

War ich früher, als Schulkind, ständig bei den Großeltern zu Besuch gewesen, manchmal über Tage, so war dies mit den Jahren und meinem Älterwerden immer seltener geworden. So hatte ich sie zuletzt nur noch alle paar Monate gesehen.

Im vergangenen Winter dann war Opa in seinem achtzigsten Lebensjahr zu Hause gestorben. Opa war seinerzeit, besonders in den zwanziger und dreißiger Jahren, eine bekannte Persönlichkeit im Dorf gewesen – als Dorfpolitiker, der der Zentrumspartei angehörte und den Nazis die Stirn bot.

Denn Opa war ein Mann, der zu seiner Meinung stand und seinen Glauben als überzeugter Katholik vehement vertrat. Weil er sich standhaft weigerte, eine Hakenkreuzfahne an der Dachluke seiner Scheune auszuhängen, bekam er Ärger mit den Nazis.

Solche verdienten Männer ehrte das Dorf auf besondere Art: Bei der Beerdigung, an einem bitterkalten Tag im Februar, wurde der Sarg in einem rundum verglasten schwarzen Wagen, samt Baldachin und mit zwei schwarzen Pferden bespannt, zum Friedhof gefahren. Der Weg führte von Opas Gehöft quer durch das Dorf zum Kirchhof. Überall standen die Bauern an der Straße vor ihren Höfen und reihten sich in den Trauerzug ein. Eine letzte Reminiszenz an einen wirklich aufrechten Mann.

Das Haus, in dem ich als Kind so viele Stunden und Tage verbracht hatte, war nun leer. Die in meiner Erinnerung immer so gütig lächelnde Oma war nicht mehr. Opa, der mir doch noch so viel vom Leben hätte erklären können, den ich noch so viel hätte fragen wollen – seine Zeit war dahin.

In traurigen Gedanken wurde mir der Verlust bewusst, als ich hinter dem schwarzen Wagen ging. Es war Zeit, Abschied zu nehmen und erwachsen zu werden.

Lieb Vaterland

Der Bund rief mich zum Dienst an der Waffe! Die Alternative wäre gewesen, Ersatzdienst leisten, also den Waffendienst verweigern, und stattdessen Kranke zu pflegen, Essen auszufahren und was es sonst an sozialen Dienstleistungen gab.

Ich war als tauglich gemustert worden – da gab es nur diese Möglichkeit. Oder zu verweigern. Doch das kam für mich nicht infrage.

Nicht etwa, dass ich unbedingt Soldat spielen wollte oder eine besondere Begeisterung fürs Militärische gezeigt oder gar die politische Notwendigkeit einer Verteidigung des freien Westens in Betracht gezogen hätte. Nein, es war viel simpler: Ich wäre schlicht und einfach gar nicht in der Lage gewesen, den Prozess einer Verweigerung zu gestalten und durchzustehen. Wer in jener Zeit als Kriegsdienstverweigerer anerkannt wurde, der hatte sich gewöhnlich mit fremder Hilfe umfangreich auf die Befragung durch die Verweigerungskommission vorbereitet. Dazu gehörten auf jeden Fall das entsprechende politische Bewusstsein, die intellektuelle Auseinandersetzung mit den Themen Krieg und Verweigerung und – vor allem (!) – die richtigen Kontakte, das alles vorzubereiten. Ich hatte sie nicht.

In meinem sehr weitläufigen Bekanntenkreis kannte ich nicht einen einzigen Verweigerer, aber jede Menge Männer, die beim Bund gewesen waren. Verweigern, das war noch etwas exotisch, zumindest in meiner Welt.

Ein anderer Weg, den Bund zu umgehen, war ein Wohnsitz in Berlin. Doch so was konnte man nicht einfach nach der Musterung machen, sondern nur weit vorher. Was sollte ich, das Kind vom Lande, in Berlin?

Mein Einberufungsbefehl beorderte mich am 3. Januar in die Prinz-Albrecht-Kaserne in Hannover. Schon bei der Abfahrt war der Bahnhof in meiner Heimatstadt voll mit jungen Männern, die ihren Wehrdienst antreten sollten. Es war keineswegs so, dass alle aus einer Stadt auch in ein Bataillon kamen. Das gab's wohl nur in den Armeen der Kriegsgeneration. Ein Teil von uns fuhr nach Hannover, ein anderer nach Hildesheim, nach Bremen und sonst wohin.

Ich kannte keinen der Kameraden, die mit mir an der Wache vorbei in die Kaserne liefen. Alle hatten ernste Gesichter, denn die meisten von uns waren wohl das erste Mal von zu Hause fort und keiner wusste so recht, was ihn erwartete. Wie vermutet war alles gut organisiert und bereits am frühen Abend hatte jeder seine Dienstuniform empfangen, seinen Spind belegt und kannte das Bett, in dem er schlafen würde.

Ich hatte, wie so oft bei solchen Anlässen, starke Halsschmerzen und da die Mandeln noch drin waren, ergab sich schnell eine Mandelentzündung. Zu meiner Freude war das aber nach der ersten Nacht bereits deutlich besser und ich konnte mich auf die Dinge konzentrieren, die in näherer Zukunft wichtig sein würden.

Das waren zunächst einmal die Vorgesetzten, die Einheiten, zu denen man gehörte, und – last, but not least – die Kantine. Die war mir besonders wichtig, denn ich hatte eine Bescheinigung auf einen nervösen Magen und konnte somit Schonkost beanspruchen. Flugs teilte ich das auch meinem Vorgesetzten mit, einem Unteroffizier, der mich anwies, dies direkt mit der Kantine zu besprechen. Für den Feldwebel, dem die Kantine unterstand, war das kein Problem. Solche Typen hatte er täglich, und in vielen Fällen erledigte sich die Sache von selbst. So auch bei mir. Nachdem ich einige Tage Schonkost genossen hatte, ging ich freiwillig zum normalen Angebot über.

Mag die Bundeswehrzeit insgesamt völlig unnütz für mich gewesen sein, einen nervösen Magen hatte ich seitdem nie wieder. Dabei hatten meine Magenprobleme eine Vorgeschichte. Nachdem ich nämlich erkannt hatte, dass ich mich meinem Schicksal ergeben musste und am Bund kein Weg vorbeiführte, wollte ich das Beste draus machen. Wenn schon anderthalb Jahre für einen Hungersold, warum dann nicht gleich zwei Jahre anständig bezahlt als Freiwilliger?

Ich bewarb mich also und wurde prompt zu einem Test eingeladen. Wir Anwärter auf den zweijährigen Freiwilligendienst sollten buchstäblich auf

Herz, Nieren, Muskeln und Verstand geprüft werden. Die theoretischen und schriftlichen Aufgaben hatte ich ohne Mühe erledigt, doch die sportlichen erwiesen sich als Herausforderung. Völlig ausgepumpt schleppte ich mich zur letzten Prüfungsabteilung. Zum Gespräch mit dem Stabsarzt. Offenbar hatte ich bisher alles so gemeistert, dass sie mich nehmen würden.

Ich weiß nicht, welcher Teufel mich ritt, aber als ich dem Doktor gegenübersaß, ließ ich die Bemerkung fallen, dass ich seit Längerem unter einem nervösen Magen litt.

Der Arzt hörte aufmerksam zu, notierte etwas und – erklärte mich für untauglich. Mit dem Magen solle man nicht spaßen und Kranke werde man auf keinen Fall einstellen. »Wahrscheinlich brauchen Sie gar nicht zum Bund«, verabschiedete er mich.

Na, schöner hätte es nicht kommen können! Auch wenn es ganz anders geplant war – ich fuhr rundum zufrieden nach Haus und dachte: Das war's, liebe Bundeswehr, ich spiel nicht mit – und Tschüss.

Doch es kam anders. Natürlich wurden bei Freiwilligen völlig andere Maßstäbe angelegt als bei Wehrpflichtigen, denn für Erstere hatte der Staat eine andere Verantwortung als für das »Kanonenfutter« Wehrpflichtige. Alsbald also flatterte mir der Einberufungsbefehl auf den Tisch mit der Empfehlung für eine Schonkosternährung.

Man hatte ja schon viel über den Bund gehört und voller Respekt sah ich der Grundausbildung entgegen. Zunächst einmal hatten wir reichlich Unterricht, der sich ausnahmslos in warmen, lichten Räumen abspielte. Das war schon mal gut, denn es war Winter und draußen war es nass und kalt.

Wir lernten, Gewehre auseinanderzunehmen und im Dunkeln hinterm Rücken wieder zusammenzusetzen, wir lernten das Einnorden von Karten, das ich dank der Pfadfinder bereits bestens beherrschte, und da wir eine Fernmeldeeinheit waren, lernten wir auch Morsen.

Nur an die Waffen, ans praktische Schießen, ließ man uns nicht so recht. Der Grund war mir nicht bekannt. Vielleicht musste der Bund ja Munition sparen. Ich hatte keine Ahnung, warum wir in der ganzen Grundausbildung nur einmal auf den Schießstand durften. Doch mir sollte es recht sein. Denn das Schießen erwies sich als äußerst unangenehme, sehr laute Sache. Mir schien, das klang nur in Filmen gut.

Aber wir waren ja Fernmelder und da hatte der Umgang mit Waffen sowieso keine Priorität. Dafür lernten wir das Morsen, das zunächst einfach und nach reinem Auswendiglernen von Funktönen für Buchstaben klang, sich dann aber doch als eine Sache erwies, die allerhöchste Konzentration erforderte. Damit hatte ich dann erst einmal ein bisschen Stress. Das Problem war nämlich, wer eine bestimmte Anzahl von Morsezeichen pro Minute nicht schaffte, konnte nicht in der Fernmeldeeinheit bleiben. Der wurde zu den Pionieren abgeschoben und musste bei Manövern im Dreck schlafen. Pioniere, das waren die, die immer vorweg mussten, die ärmsten der armen Schweine – das war die Höchststrafe.

Doch schließlich, nach genügend Übungsstunden und unter der persönlichen Anleitung unseres Ausbilders, schaffte ich das Alphabet in der geforderten Zeit. Zwischenzeitlich hatte ich auch noch den begehrten Führerschein der Klasse 2, also den für LKW gemacht. Alles lief gut und ich konnte mich wahrlich nicht beklagen.

Unser Zug innerhalb der ersten Kompanie des Fernmeldebataillons war so etwas wie die Elite unter den Fernmeldern. Unsere Aufgabe war es, defekte Funkgeräte zu reparieren. Deshalb waren in unserem Zug ausschließlich ausgebildete Rundfunk- und Fernsehtechniker. Das war keineswegs selbstverständlich, denn gewöhnlich fand sich unter den Rekruten eine wilde Mischung aller Bildungs- und Sozialstände. Genau das wurde uns nahezu täglich vor Augen geführt, da auf der anderen Seite des langen, breiten Flurs im ersten Stock der Kaserne so eine Ansammlung von Menschen untergebracht war.

Und in einer Stube befand sich unter ganz vernünftigen und netten Kameraden einer, der, wenn er sich vollgesoffen hatte, völlig den Verstand verlor und buchstäblich alles vollschiss. Das war wahrlich kein Spaß, wenn man mit sechs Mann in einer Bude lag und so ein Asi darunter war. Diesen

Kretin konnten auch noch so viele Disziplinarbestrafungen nicht vom Saufen und den Folgen abhalten.

Gott sei Dank war das in unserem Zug und auf unserer Stube nicht so. Unser Unteroffizier war freundlich und achtete stets darauf, dass wir motiviert waren. Die Situation war aber ein wenig kurios: Der Mann hatte Elektriker gelernt, war also Strippenzieher, wie das im Jargon hieß. Nun wollte er unbedingt den Gesellenbrief als Radio- und Fernsehtechniker erwerben. Für eine zweite Lehre fehlte ihm das Geld. Also hatte er sich beim Bund auf zunächst vier Jahre verpflichtet, um dort eine bezahlte Ausbildung zu erhalten, die neben dem Dienst in der Kaserne lief. Dienstlich und militärisch war er, nur etwa drei Jahre älter als wir, unser Vorgesetzter. Er ließ uns in Ruhe.

Unser Kasernenalltag war sehr kommod. Wir traten morgens um acht Uhr nach dem ausgiebigen Frühstück an und unser Unteroffizier führte uns – ohne »im Gleichschritt, marsch!« – quer über den Kasernenhof zur Reparaturwerkstatt. Hätten wir keine Uniformen getragen, hätte man uns auch für eine Besuchergruppe halten können. Alles war überaus locker und freundlich. Gewöhnlich herrschte gute Stimmung.

Ich war inzwischen für meinen schlechten Stil beim Grüßen bekannt geworden. Immer wenn einem ein höherer Dienstgrad, vornehmlich ein Offizier, begegnete, hatte man militärisch korrekt mit der rechten Hand an der Mütze zu grüßen. Man legte dabei nicht einfach nur eine Hand lässig an den Mützenrand, sondern musste ein paar Regeln beachten. Vor allem sollte das zackig erfolgen.

Zackig und Regeln waren so ganz und gar nicht mein Ding. Ich holte mir also ab und zu einen Anschiss ab, aber das war mir herzlich egal. Denn eines war mir bald klar geworden: Die meisten von denen, die die Macht hatten, mich drangsalieren zu können, mussten den Bund über Jahre oder gar ein Leben lang ertragen. Für mich aber war nach spätestens achtzehn Monaten Schluss. Diese Erkenntnis half ungemein.

Überhaupt war meine etwas legere Art im Umgang mit militärischer Disziplin aufgefallen, und ein gewisser Ruf umgab mich. Meine nachlässige Grüßerei, mein Marschgang, wie ich meine Uniform trug, in die sich zuweilen private Elemente mischten, alles lausig. Zur Ausgehuniform trug ich schon mal eine schwarze Strickkrawatte und ein Hemd, das von intensiverem Blau war als die Klamotten vom Bund. Das sah halt schicker aus.

Der daraus folgende Ärger mit den Vorgesetzten war nicht weiter schlimm, aber ernster wurde es, als man mir wegen eines Vergehens eine »Diszi«, unsere Abkürzung für Disziplinarstrafe, aufbrummen wollte.

Eines Tages war, wie üblich, überraschend eine Kontrolle der Spinde angeordnet worden. Die Führungscrew um den Kompaniehauptfeldwebel, den

Spieß, ging dann durch jede Stube und kontrollierte die Spinde. Jeder dieser Schränke hatte ein abschließbares Fach, das als Eigentum des Spindinhabers galt und dessen Privatbereich war; sozusagen eine exterritoriale Zone. Was sich darin befand, ging den Bund nichts an. Allerdings bezog sich das mehr auf die Schrankordnung als auf den Inhalt. Im Privatfach durfte es aussehen wie Kraut und Rüben, während im Schrank militärische Ordnung zu herrschen hatte. Da gab es sehr genaue Vorstellungen, wie Unterhemd und Unterhose gefaltet zu liegen hatten.

Schrankkontrollen, bei denen auch das Privatfach zu öffnen war, wurden vor allem dann durchgeführt, wenn etwas abhandengekommen oder ein Diebstahl gemeldet worden war, oder auch nur, damit die Soldaten nicht vergaßen, wer die Herren in der Kaserne waren.

Schließlich war ich dran und der Spieß ließ mich mein Privatfach aufschließen. Prompt saß ich in der Patsche. In meinem Schließfach befand sich eine Rolle Lötzinn, Wert zwei Mark, die ich am Abend vorher aus der Werkstatt mitgenommen hatte, um etwas reparieren zu können. Egal, das war Bundeswehreigentum, lag in meinem privaten Spindfach und galt damit als unredlich entwendet, vulgo: geklaut.

Schöne Scheiße. Bei manch anderem hätte der Spieß ein Auge zugedrückt, bei mir aber nicht. Stand ich doch im Verdacht, mal an den Wehrbeauftragten geschrieben zu haben, was aber definitiv nicht zutraf. Außerdem stellte ich dauernd so kritische Fragen bei politischen Schulungen und Unterweisungen, zum Beispiel nach dem Sinn der Haager Landkriegsordnung, wenn es im Krieg doch nur darum ging, einander totzuschießen. Die Kompaniefürsten mochten solche Fragen ganz und gar nicht.

Der Zeitpunkt ihrer Rache war also gekommen. Vielleicht hatte ich aber doch einen Fürsprecher, denn meine Arbeit erledigte ich stets ohne Tadel und war dabei auch hier und da durch konstruktive Verbesserungsvorschläge aufgefallen und gelobt worden. Jedenfalls wurde ich nur zu einem Wochenende Wachdienst am Kasernentor verdonnert. Das war allerdings die Höchststrafe unterhalb einer Diszi. Denn da stand man von Freitagnachmittag bis Montagmittag und kontrollierte die Autos und Menschen, die in Kaserne rein- oder rauswollten.

Ich fügte mich in mein Schicksal und schob missmutig diesen Stumpfsinnsdienst, immer vier Stunden Wache und zwei Stunden schlafen oder rumhängen. Am Montag in der Früh war ich dann hundemüde. Und dementsprechend lasch fielen auch meine Ehrenbezeichnungen gegenüber den einfahrenden Offizieren aus. Einem General gefiel das nicht und er schnauzte mich an. Schon wieder ein Anschiss, aber dabei blieb es auch. Mein Strafdienst endete und so ging mir auch das am Arsch vorbei, wie wir das nannten.

Lichter der Großstadt

In einer gewissen Hinsicht war ich schmerzfrei, das hieß, ich war nicht so einfach mit Wachdiensten erpressbar wie viele meiner Kameraden. Denn die lebten unter der Woche nur dafür, am Wochenende wieder nach Hause zu kommen.

Manche, wie mein Stubenkamerad Klaus, nahmen dafür abstrus lange Fahrten auf sich. Über siebenhundert Kilometer hin und zurück, jedes Wochenende. Verrückt.

Mir gefiel Hannover und ich wollte etwas davon sehen. So blieb ich oft an Wochenenden, wenn ich hätte nach Hause fahren können, in der Kaserne. Ich war gut versorgt, hatte die Bude von Freitag- bis Sonntagabend für mich allein und konnte in der Kantine essen, konnte schlafen, so lange ich wollte. Ich fuhr dann meistens samstagsvormittags in die City und trieb mich überall herum. Kilometerweit lief ich durch die Stadt, sah mir alles an, sog alles in mich auf. Mir schien, die Menschen waren eleganter, die Frauen schöner und besser gekleidet, als ich das gewohnt war. Das Treiben war hektischer, aber das gehörte wohl dazu. Das hier war Großstadt, das war mein Ding.

Zur Zeit der berühmten Hannover-Messe stand ich stundenlang am Hauptbahnhof und beobachtete das Geschehen. Da war so richtig viel los. Um das höhere Verkehrsaufkommen zur Messezeit bewältigen zu können, wurden an allen Kreuzungen

Polizisten eingesetzt, weil diese besser situationsbedingt reagieren konnten als eine Ampelanlage. Da man nicht genug reguläre Polizisten hatte, wurden auch Polizeischüler eingesetzt. So auch vor dem Hauptbahnhof, wo sich mehrere Straßen kreuzten und eine Menge Straßenbahnen fuhren. Ich fand das alles sehr interessant.

Nach einiger Zeit fiel mir eine kleine zweispännige Kutsche auf, die direkt am Hauptportal des Bahnhofs vorgefahren war und mitten auf dem Ernst-August-Platz unter dem Denkmal des Fürsten parkte. Das Gespann samt Kutscher wirkte auf dem hektischen Platz recht exotisch und zugleich sehr malerisch. Das machte einen überaus herrschaftlichen und gediegenen Eindruck. Very British! Nach kurzer Zeit kam ein Mann mit einem Koffer aus dem Hauptportal und ging geradewegs auf die Kutsche zu. Der Koffer wurde verstaut und dann zog das Gespann in aller Ruhe durch hupende Autos, Fußgänger, Straßenbahnen und das ganze vermeintliche Chaos davon. Eine wahrlich feine Art, abgeholt zu werden.

Einen nachhaltigen Eindruck von der buchstäblichen Weitläufigkeit der Stadt bekam ich nach einem Abend mit Christina. Sie hatte ich beim Besuch eines Zahnarztes kennengelernt, für den sie als Assistentin arbeitete. Wir verabredeten uns daraufhin ab und zu, gingen ins Kino, in der Stadt spazieren oder ins berühmte Café Kröpcke. Nach einer Weile trafen wir uns auch mal an Wochenenden, gingen zusammen essen, und Christina zeigte mir die Altstadt mit ihren Kneipen, Jazzlokalen und kleinen Läden.

An einem Samstag waren wir im Kino gewesen, hatten »Zur Sache, Schätzchen« mit Uschi Glas gesehen und anschließend noch etwas in der Altstadt getrunken. Der Film bot jede Menge Gesprächsstoff. Aber schließlich wollte Christina nach Hause und ich brachte sie mit der Straßenbahn nach Langenhagen. Das war ziemlich weit vor der Stadt und von der Endhaltestelle waren es noch mal an die fünfzehn Minuten zu Fuß. Aber da es eine laue Nacht war, ließen wir uns viel Zeit. Schließlich war es ein gutes Stück nach Mitternacht, als ich mich an ihrer Haustür von Christina verabschiedete.

Zurück an der Endhaltestelle konnte ich nur feststellen, dass die nächste Bahn erst am Sonntagmorgen um sieben fuhr. So ein Mist, denn mein Problem war, dass ich mich nicht auskannte. Eigentlich lag die Kaserne im Stadtteil Bothfeld, nicht so weit von Langenhagen entfernt. Über die Landstraße, am Silbersee vorbei, war die Strecke in einer guten Stunde, maximal anderthalb Stunden zu machen; zu Fuß wohlgemerkt. Doch das wusste ich da noch nicht. Auf die Idee, ein Taxi zu rufen, kam ich erst gar nicht; das wäre auch außerhalb meines Budgets gewesen.

Also blieb nur eins: Ich orientierte mich an den Bahngleisen und zog beschwingten Schrittes los. Bahnfahrten und Fußmärsche hatten schon immer stimulierend auf mich gewirkt. Bei beiden konnte man so wunderbar vor sich hin träumen. Und zu träumen hatte ich jede Menge, denn ich war heillos verknallt in Christina.

Endlich kam ich dann am Hauptbahnhof an, nur um festzustellen, dass auch dort keine Bahn mehr fuhr. Also weiter, mich wieder an den Schienen der Straßenbahn orientierend, wanderte ich auf einer der längsten Straßen Europas, der »Podbi«, nach Bothfeld. Und schließlich, nach gut vier Stunden strammen Fußmarsches und schon im hellen Morgenlicht, erreichte ich die Kaserne.

Dann, nach ausgiebigem Schlaf, sah ich mir mittags die Strecke auf der Karte an.

Mir wurde schnell klar, dass ich ein Dreieck gelaufen war. Das würde mir nicht wieder passieren. Ich kannte mich ja jetzt aus.

Als ich Christina von meiner Odyssee erzählte, sorgte dies für große Heiterkeit, aber auch für Respekt. Christina war lieb, sah gut aus. Ich liebte ihr Lächeln und war gern mit ihr zusammen. Wir verstanden uns prima und hatten dennoch keine Zukunft. Es war kaum zu erwarten, dass ich nach meiner Dienstzeit in der Stadt blieb.

Mit der Zeit sahen wir uns seltener und schließlich gar nicht mehr.

Nach einer Weile kannte ich Hannover recht gut und obwohl die Stadt oft als langweilig belästert wurde, gefiel es mir dort. Es war eine Großstadt – da fühlte ich mich wohl.

Aber so gern und oft ich an Wochenenden in der Kaserne blieb, so oft fuhr ich auch nach Hause.

Manchmal fuhr ich im Auto eines Kameraden mit, aber häufig nahm ich die Bahn. Mit dem Auto war es immer ein bisschen kompliziert, weil keiner meiner Kameraden aus meiner Heimatstadt kam, jedenfalls keiner, den ich kannte und der ein Auto hatte. Zu Hause, an den Wochenenden, traf ich dann Oliver und Franz und all die anderen, mit denen ich vorher zusammen gewesen war. Doch es hatte sich etwas verändert. Zuweilen fühlte ich mich ein wenig fremd, denn oftmals war ich einige Wochen am Stück nicht in der Heimat und das entfremdete mich schneller, als ich es mir je hätte vorstellen können. Es war nicht weiter schlimm und auch nicht tragisch, aber eben anders.

Es war eher zufällig, dass mir an mehreren Wochenenden hintereinander im Zug eine junge, elegant gekleidete blonde Frau gegenübersaß. Sie mochte einige Jahre älter sein als ich. Nachdem wir uns wohl dreimal auf der Bahnfahrt gegenübergesessen hatten, kamen wir ins Gespräch, und alsbald wusste ich, dass sie Maike hieß, in Hannover wohnte und an den Wochenenden zu ihren Eltern aufs Land fuhr.

Wenn ich auf dem Weg nach Hause war, trug ich selten meine Uniform, sondern vorzugsweise private Kleidung. Ich bevorzugte einen Anzug, Hemd und Krawatte, oder oftmals auch eine Fliege. Denn dieses Kleidungsstück, natürlich selbst gebunden, fand ich schick und war eine kleine Marotte von mir. Außerdem war ich der Meinung, dass das gut zu meinen Pfeifen passen würde. Ich war keineswegs ein starker Raucher, aber wenn ich rauchte, dann Pfeife.

Als ich Maike wieder im Zug traf, wir waren ja schon alte Bekannte, gab sie mir belustigt zu verstehen, dass ich in meinem Outfit eine sehr abweisende Haltung, ein »Lass mich bloß in Ruhe« ausstrahlte. Mir war das ganz und gar nicht bewusst. Ich musste mir aber eingestehen, dass da mein Unterbewusstsein wohl die Führung übernommen hatte. In der Tat, ich war immer heilfroh, wenn ich, soweit das möglich war, unbehelligt blieb. Dennoch wollte ich das nicht auf mir sitzen lassen und so verabredeten wir uns zu einem Treffen unter der Woche in Hannover.

Maike hatte mit ihren gutsituierten Eltern in jungen Jahren einen Teil der Welt bereist und kannte sich schon recht gut im Leben aus. Sie war unkompliziert und wusste sehr genau, was sie wollte.

Wir sahen uns nicht häufig, aber ab und an. Dann gingen wir zusammen aus und sie zeigte mir Lokale, die ich sonst nicht kennengelernt hätte. Wir hatten keinerlei Erwartungen aneinander und verstanden uns sehr gut.

Feinkost-Manöver

Zu den wirklich schönen Erlebnissen auf Staatskosten gehörten die gelegentlich stattfindenden Manöver, in denen Krieg gespielt wurde und die, zumindest für uns Elite-Fernmelder, eher an Ausfahrten zur Sommerfrische erinnerten. Für uns und ganz besonders für unsere vorgesetzten Offiziere und Portepee-Dienstgrade, die sämtlich mit Familie im Umfeld der Kaserne lebten, waren Manöver wohl so etwas wie Kurwochen oder Urlaub. Jedenfalls kam mir das so vor.

Als Elite-Fernmelder waren wir privilegiert. Im Ernstfall hätten wir weit, sehr weit hinter der Front operiert. Denn ohne uns hätten die Funkgeräte nicht instandgesetzt werden können, und ohne Funkgeräte konnte keine Kommunikation stattfinden. Der Krieg würde dann sozusagen implodieren. Eigentlich eine schöne Vorstellung.

Für unsere Aufgaben während eines Manövers benutzten wir einen Werkstattwagen, eine sogenannte Nato-Ziege, in dem alles Notwendige untergebracht war: für jeden der Wagenbesatzung ein bequemes Feldbett, ein ordentlicher Esstisch und Stühle, ein Kocher, Töpfe und mehrere Kisten für Proviant und Getränke. Schon Wochen vor dem Termin wurde eingeteilt, wer mit wem in welchem Wagen fuhr.

Als Inhaber eines Bundeswehrführerscheins hatte ich einen festen Wagen und mir wurden ein

Feldwebel aus dem Kompaniestab und mein Stubenkamerad Sven zugeteilt. Auf eine harmonisierende Besatzung legte schon der Feldwebel großen Wert. Denn wer wusste schon, welche Leute man sich sonst eingehandelt hätte, die sich möglicherweise nicht zu benehmen wussten. Als Fahrer des Wagens genoss ich auch das Privileg, von gewissen Drecksarbeiten ausgenommen zu sein, weil mir Ruhepausen zustanden. Wie das denn im Ernst-, im Kriegsfall geregelt sein würde, fragte ich dann aber doch nicht – es wäre doch nur, mal wieder, missverstanden worden.

Auf Manövern verstanden unsere Vorgesetzten es, zu leben. Unser Feldwebel war ein manövererfahrener Mann. Als Erstes verdonnerte er uns, auf keinen Fall Pantoffeln, ersatzweise die sauberen Bundeswehrturnschuhe, zu vergessen. Niemand sollte seinen Wagen versauen. Keiner der armen Schweine, die uns während des Manövers ihre kaputten Geräte brachten, kam – verdreckt wie sie alle waren – in den Wagen. Wenn einer mal nachts nach einem Schlafplatz fragte, wies der Feldwebel ihm die Fläche unter dem hochbeinigen Wagen zu.

Wir dagegen lebten wie Gott in Frankreich, denn unser Proviantvorrat und die exquisiten Getränke kamen natürlich nicht aus der Standortkantine, sondern, sorgfältig ausgesucht, aus dem gehobenen Feinkosthandel. Ohne Frage, wir genossen das, wenn es uns auch ein Stück weit egal war, denn Bund blieb Bund. Für unsere Vorgesetzten aber war das der Himmel auf Erden, weg von Frau und nervenden Kindern und bestens versorgt. Nur eines gab es nicht, Mädchen und Duschen. Auf Erstere konnte man ja eine Weile verzichten. Auf die Duschen maximal eine Woche. Auch deshalb war die Sauberkeit in den Wagen so wichtig.

Doch in jenen Zeiten waren die Kassen und der Wehretat klamm und so dauerten die Manöver höchstens mal vier bis fünf Tage – oder fanden erst gar nicht statt. Eigentlich schade, wie ich fand. Erzählte ich zu Hause meinem Vater, Weltkriegsteilnehmer mit Russlanderfahrung, Eisernem Kreuz und Verwundetenabzeichen, von diesem soldatischen Lotterleben, schüttelte er nur den Kopf und sein Vertrauen in die Verteidigungsbereitschaft des Landes bekam verständlicherweise Risse.

Doch manchmal wurden wir – trotz all des guten Lebens in der Kaserne – doch soldatisch überrascht. Unser Bataillonskommandeur, ein Oberstleutnant und bemerkenswerte hundertsechzig Zentimeter groß, ließ uns zuweilen zu unserem Missvergnügen Krieg spielen. Gott sei Dank passierte das höchst selten.

Angeblich war die politische Lage im Nahen Osten die Ursache dafür. Denn einige Monate vorher, im Juni 1967, hatte der sogenannte Sechstagekrieg zwischen Israel und seinen arabischen Widersachern stattgefunden. Nun wollte man die Bevölkerung nicht noch mehr durch Manöver und andere öffentliche Zurschaustellungen der Bundeswehr beunruhigen. Ein weiterer Grund waren angeblich die knappen Budgets, sodass für Manöver kein Treibstoff zur Verfügung stand. Vielleicht waren das auch nur Gerüchte, Latrinenparolen, wie der Soldat sagte. Uns sollte es recht sein.

Doch manchmal mussten wir dennoch ran. Eines Nachts, es muss so kurz vor drei Uhr gewesen sein, mitten in der REM-Schlafphase, tönte lautes Gebrüll durch die Gänge.

Kasernen waren wohl absichtlich so gebaut, dass sich der Schall auf den Fluren vervielfachte, und so riss uns ein infernalischer Lärm aus dem Schlaf. Alarm, alles antreten!

Wir sprangen aus den Betten und rieben uns die Augen. Alles redete durcheinander, »Was ist los, ist der Russe jetzt übergeschnappt? Kommt der jetzt schon nachts? Was soll die Scheiße?«, als die Tür aufflog und unser Unteroffizier hereinstürmte.

Warum bei solchen Gelegenheiten Vorgesetzte immer mit sich überschlagender Stimme schrien, war mir ein Rätsel. Wahrscheinlich war das so, weil sie das im Fernsehen gesehen hatten. Jedenfalls brüllte er was von Nato-Alarm, und wir sollten in zehn Minuten abmarschbereit vor dem Gebäude antreten.

Nun gab es ja für solche Fälle und weil der Soldat immer und ewig einsatzbereit sein sollte – denn der Russe schlief ja auch nie –, den sogenannten Kampfstuhl. Das war eine feine und gut durchdachte Sache. Es handelte sich dabei nicht, wie manche vermuteten, um eine besonders eklige Verdauungsangelegenheit, sondern um eine Methode, die Kampfbereitschaft des Soldaten zu fördern.

Die Grundüberlegung der Kampfstuhlerfinder bestand wohl darin, wie man einen Soldaten, der abends – möglicherweise und höchstwahrscheinlich bis zum Rand hackenvoll – ins Bett gekrochen war, in die Lage versetzte, sich sicher und auch im Stockfinsteren richtig und vor allem schnell anzukleiden. Dafür wurde der Kampfstuhl erfunden. Jeder Soldat stellte abends seinen Stuhl neben sein Bett und legte vor dem Schlafengehen alle Kleidungsstücke so darauf ab, dass er sie auch im Dunkeln und dazu stockbesoffen in der richtigen Reifenfolge fand.

Die Sache mit dem Kampfstuhl gefiel mir, denn ich war für Ordnung. Allerdings konnte ich mich zu Hause nicht damit durchsetzen, als ich es meinen Geschwistern schmackhaft machen wollte.

Wir zogen uns also in Windeseile an, schnappten uns Stahlhelm und Feldausrüstung und stolperten zur Waffenkammer, denn die Waffen, in unserem Fall ein G3, wurden nicht im Spind aufbewahrt. Es herrschte ein Höllenlärm und schließlich formierte sich vor jedem Gebäude eine Kompanie.

Man führte uns in die nahe gelegene Heide. Dort angekommen, der Morgen graute bereits, durften wir uns im Gelände verteilen und ein bisschen Krieg üben. Mal sollten wir eine Schützenlinie bilden, mal uns vor dem Feind verstecken und eine Menge weitere Dinge, die unsere Klamotten schmutzig machten und unsere Laune nicht steigerten.

Schließlich war Mittagszeit und jeder Zug empfing sein Essen aus der Feldküche. Weil es nieselte, hatten wir uns ein offenes Feuer gemacht. Auf einer Zeltplane hatte ich mich recht dicht ans Feuer gelegt, um möglichst viel Wärme abzukriegen.

Ich war überaus schlecht gelaunt. Denn kurz vorher war ich so unglücklich auf meinen Oberschenkel gefallen, dass dabei meine Tabakpfeife, die ich in der seitlichen Hosentasche trug, zerbrochen war. Das war dann tatsächlich ein schlimmer Unfall und meine Stimmung unter null. Zwar schlug mein Unteroffizier, ebenfalls Pfeifenraucher, eventuelle Reparaturmöglichkeiten vor, aber das half mir jetzt wenig. Und Zigaretten hatten mir noch nie geschmeckt.

Ich war also so richtig am Arsch, wie es in der Fachsprache eines Gefreiten hieß.

Plötzlich durchlief ein heftiger Schmerz meinen Körper. Ich schrie, sprang auf und versuchte, mir die schweren Schuhe von den Füßen zu reißen. Ich war zu nahe ans Feuer gekommen, sodass die nassen Lederschuhe heiß wurden und geradezu kochten. In Windeseile schnürte ich die Schuhe auf, aber es war bereits zu spät. Ich hatte mir die Füße verbrüht. Ganz eindeutig ein Fall für die Sanitäter.

Die waren auch schnell zur Hand, weil sie eh nichts zu tun hatten, und so bot sich für diese Kameraden gleichzeitig die Gelegenheit zu einem Abstecher in die Kaserne und die wärmende Kantine.

Ich wurde also in einen Sanka, einen Sanitätskraftwagen, gepackt und ab ging es zum Lazarett.

Dort behandelte mich ein freundlicher Stabsarzt und nach wenigen Tagen konnte ich, leicht humpelnd, wieder auf meine Stube entlassen werden.

Bei unserem Spieß allerdings hatte ich mal wieder einen Punkt auf der Liste derer bekommen, die sobald nicht befördert werden sollten. Doch das war mir herzlich egal.

Es sollte nicht mein einziger Aufenthalt im Lazarett sein, denn wenige Wochen nach meinen Brandunfall hatte ich mir eine böse Stirnhöhlenentzündung eingefangen. Also schrieb ich an meine Kumpels daheim, dass ich die nächste Zeit nicht nach Hause kommen konnte, weil ich mich auf der Krankenstation befand. Ich schilderte mein Leiden. Das war für die Clique eine willkommene Gelegenheit zu einem Ausflug und Kasernenbesuch – nun aber als freie Männer, da sie den Bund bereits hinter sich hatten. Und so hatte ich dann am folgenden Sonntag die Jungs an meinem Bett sitzen. Natürlich hatten sie das Wichtigste nicht vergessen und mir einen kleinen Vorrat an Bier mitgebracht.

Was die Kameradschaft auf unserer Stube anging, so kamen wir blendend miteinander klar. Es war eine gute Mischung. Keiner spielte sich groß auf oder beanspruchte Privilegien. Natürlich dampfte die Luft vor Testosteron, wie das so ist, wenn sechs achtzehn- bis neunzehnjährige Männer zusammenleben. Einige von uns kamen aus Hannover oder dem Umland und hatten mehr oder weniger feste Freundinnen, was sie aber nicht hinderte, sich an den allgemeinen Fantasien und verbalen Schweinereien zu beteiligen. Erzählt wurde viel, und da wollte natürlich jeder der Held sein.

Ich kam als Einziger quasi vom Dorf und war, wenn auch nur mit geringem Abstand, der Jüngste auf der Stube und ohne große Erfahrung mit Mädchen. Sven war in dieser Beziehung unser absoluter Star. Irgendeiner seiner Vorfahren musste wohl einen Tropfen südländisches, möglicherweise afrikanisches Blut eingebracht haben. Groß, schlank, kraushaarig und mit einer ins Olivfarbene gehenden Haut war er der absolute Frauentyp.

Sven war ein lustiger und netter Kerl. Wir verstanden uns gut, zumal er, ähnlich wie ich, kein Arbeitsfreak war und den Bund nicht so furchtbar ernst nahm. Vor allem aber konnten wir auch über uns selbst lachen.

Er kam aus der Landeshauptstadt und hatte da wohl so einige Sachen am Laufen und auch eine Freundin, die wesentlich älter war als er, vermutlich verheiratet, so munkelte man.

Eines Abends kam er kurz vor dem Zapfenstreich zurück, stürmte in die Stube und schrie: »Ihr glaubt es nicht, aber die Alte hat mir 'nen Knutschfleck auf die Eichel verpasst!«, und sprang schrill quietschend auf sein Etagenbett. Wir waren beeindruckt und drängten auf Einzelheiten. Aber Sven erzählte nichts. Er kicherte und kreischte nur vor sich hin, schnappte sich sein Handtuch und verschwand in Richtung Waschraum. Wir waren mit unseren Fantasien mal wieder allein.

In der Kaserne lebten wir ziemlich abgeschirmt. Ganz selten gingen wir in den Fernsehraum und erhielten fast alle Informationen, besonders die politischen, über die Bildzeitung. Sicher, es gab einige, die mit der »Zeit« oder dem »Spiegel« unter dem Arm rumliefen, aber die nahm sowieso keiner ernst und die waren auch nicht von uns.

Das meist gelesene – und bezahlbarste – Blatt war die Bildzeitung. So blieb uns keineswegs verborgen, was Uschi Obermaier und Rainer Langhans in ihrer Kommune so trieben. Es schien, als würden überall die Hüllen fallen, mindestens bis zum Bauchnabel. Den Besuch des persischen Schahs und die daraus folgenden Krawalle bekam ich so gut wie nicht mit.

An einem Donnerstag im Juni war ich kurz vor Ladenschluss noch in Bothfeld, nahe der Autobahn, einkaufen. Auffallend viele Fahrzeuge, durchweg mit Berliner Kennzeichen, kamen von der Autobahnabfahrt und bildeten eine riesige Schlange. Ich wunderte mich und erfuhr am nächsten Tag aus der Bildzeitung, dass der am 2. Juni in West-Berlin ermordete Student Benno Ohnesorg an dem Tag auf dem Bothfelder Friedhof beigesetzt worden war. Tausende Kommilitonen hatten ihm die letzte Ehre erwiesen und dabei die verhasste Fahrt durch die DDR nicht gescheut.

Das Leben in einer Kaserne, so schien mir, konnte durchaus seinen Reiz haben. Man war total versorgt. Spätestens ab dem Dienstgrad des Unteroffiziers musste man sich um nichts mehr kümmern. Man hatte ein eigenes Zimmer, für das gesorgt wurde, und die Leibwäsche, Hemden und Uniform wurden auf Staatskosten gepflegt. Die Verpflegung, mindestens drei Mahlzeiten am Tag, wurde fertig in der Kantine angeboten.

Man musste sich um nichts, rein gar nichts kümmern und bekam sogar noch Geld dafür. Nach genügend Dienstzeit konnte man dann den Beamtenstatus erlangen – und schon hatte man ausgesorgt. Ich entwickelte ein gewisses Verständnis für die, die sich für diesen Weg entschieden. Doch eines war klar – meiner war das nicht!

Neue Wege

Je näher das Ende meiner Dienstzeit kam, desto mehr beschäftigte mich der Gedanke an meine berufliche Zukunft.

Mehr als je zuvor war mir beim Bund klargeworden, dass ich im falschen Beruf unterwegs war. Nicht, dass mich die technischen Aufgaben überfordert hätten, ganz im Gegenteil. Es lag an meiner Umgebung. Um mich herum waren Leute, die über die technischen Seiten unseres Berufes sprachen wie ansonsten junge Männer über junge Frauen.

Wir waren sechs Männer auf unserer Stube, alles ausgebildete Fernsehtechniker und abgesehen von Sven und mir waren alle, genau wie der Rest unseres Zuges, ausgesprochene Freaks. Wenn Sven oder ich den »Stern« oder die Bildzeitung lasen, dann hatten die anderen eine Fachzeitschrift in den Händen. Sie hatten, wie wir es nannten, immer einen Lötkolben dabei. Sie hatten so richtig Ahnung von dem, was sie taten, und sie sprachen mit Begeisterung davon.

Wenn ich mich für ein technisches Gerät, für einen Empfänger oder eine »TV-Büchse« begeisterte, so interessierte mich allenfalls das Design, die äußere Erscheinung, die Bauart. Technische Vollkommenheit setzte ich voraus. Aber über die Bedeutung von Kanalabgrenzungen, Frequenz- oder Amplitudenmodulation zu sprechen, hatte für mich keinerlei Erotik.

Was schon lange und seit meiner Lehrzeit in mir schlummerte, wurde mir immer bewusster. Mir wurde klar, dass ich nur dann Erfolg in meinem Beruf haben konnte, wenn ich ein Freak würde. Doch dafür war ich nicht der Typ. Egal wie sehr ich mich anstrengte, niemals würde ich wirklich gut und vor allem (!) souverän sein in diesem und überhaupt in einem technischen Beruf. Immer würde ich in der dritten Reihe, in guten Zeiten in der zweiten mitspielen – aber nie in der ersten.

Für mich: zu wenig! Diese Erkenntnis wuchs stetig. Es war weniger eine Frage meines Intelligenzquotienten oder meiner Ausbildung. Es war viel simpler: Technik war einfach nicht mein Ding. Ich brannte nicht dafür. Doch im Zivilberuf war ich ja bei der Post, im technischen Fernmeldedienst, was für mich aber kein Widerspruch war. Noch nicht. Die Stelle dort, der Job, war krisenfest und sicher und vor allem aber in seinen technischen Herausforderungen sehr überschaubar.

Ich zog meinen Kameraden Josef von der Bataillonsschreibstube ins Vertrauen. Josef war zwei Jahre älter als ich, kam aus einem gebildeten Elternhaus, liebte Opern und hatte nach dem Abitur einen kaufmännischen Beruf erlernt. Er wollte Bilanzbuchhalter werden und damit Karriere machen. Josef kannte sich aus in der Welt. Ihm schilderte ich meine Gedanken und Sorgen. Er hörte mir aufmerksam zu und schwärmte mir von einer kaufmännischen Tätigkeit vor.

Aber auf einen komplett anderen Beruf umzusatteln, das hatte ich doch alles schon mal und war schon längst bedacht und verworfen worden.

Josef war es, der mir schließlich den entscheidenden Tipp gab und mir empfahl, mich doch mal vom Arbeitsamt beraten zu lassen. Eine super Idee! Zumal Hannover als Landeshauptstadt über eine große und gut ausgestattete Behörde verfügte. Für solche Fälle gab es zum Ende der Dienstzeit Sonderurlaub, der auch prompt bewilligt wurde.

Der Sachbearbeiter im Arbeitsamt war ein freundlicher Mensch, der sich aufs Zuhören verstand. Er riet mir, an einem psychologischen Test teilzunehmen, um anschließend eine ausführliche Beratung zu erhalten.

Zu dieser Zeit hatten die Arbeitsämter noch reichlich Geld und ich griff zu. Über zwei Tage wurde ich getestet: Bildung, Sprachvermögen, technisches und kaufmännisches Vermögen und vieles andere mehr. Es war ja Zweck der Übung, ein möglichst umfassendes Bild meiner Persönlichkeit und – viel wichtiger – meines Potenzials zu erhalten. Schließlich war alles getan und das Beratungsgespräch stand bevor.

Das Ergebnis war recht eindeutig. Meine Fähigkeiten lagen der Analyse zufolge keineswegs im technischen Bereich, sondern im kreativen oder kaufmännischen. Ich hätte Verkäufer, Dekorateur oder auch Maler lernen sollen. Alles wäre besser gewesen – aber mit dem Radio- und Fernsehtechniker lag ich, um es kurz zu sagen, daneben.

Ein Berufsabbruch kam für mich aber unter keinen Umständen infrage. Natürlich hatte ich meine Eltern über den Test informiert und erklärt, warum ich ihn machen wollte. Allein das hatte für erhebliches Stirnrunzeln gesorgt.

Der Junge wusste mal wieder nicht, was er wollte. Hörte das denn nie auf?

Doch der Berater hatte eine Lösung. Basierend auf meiner bereits erfolgten technischen Ausbildung, empfahl er mir eine Karriere als technischer Verkäufer, zum Beispiel in der Fernsehabteilung eines Warenhauskonzerns. Dort könne ich als Substitut anfangen und es nach einer Weile zum Abteilungsleiter schaffen. Leute mit meiner Ausbildung seien von diesen Häusern gesucht.

In dieser Situation erinnerte ich mich an den Bruder meiner Mutter, Onkel August, der im Management eines Kaufhauskonzerns tätig war. Er würde mir sicher mit Rat zur Seite stehen können. Ich wollte ihn anrufen und um seine Meinung bitten. Das fiel mir aber zunächst einmal schwer, denn damit würde ich die Verwandtschaft in mein Problem einbeziehen und es sozusagen familiär öffentlich machen. Wer sich neu definierte, galt im Allgemeinen als wenig zuverlässig.

Ich setzte mich über meine Bedenken hinweg und sprach mit Onkel August. Wie immer war ich schnell begeistert gewesen und erzählte ihm nun von meinen Möglichkeiten, wie sie der Mann vom Arbeitsamt geschildert hatte. Doch Onkel August war ein ruhiger, besonnener und immer freundlicher Typ. Er bemühte sich sichtlich, mir meine Begeisterung nicht zu nehmen, um mir gleichzeitig zu vermitteln, dass da ein sehr steiniger Weg vor mir läge, mit durchaus überschaubarem Gehalt.

Wir kamen zu dem Ergebnis, dass diese Möglichkeit durchaus eine Option darstellte, aber auch nicht mehr. Wir würden sehen.

Doch zunächst war ich noch beim Bund und musste sehen, dass ich die letzten Wochen bis zur Entlassung rumkriegte.

Wer bei der Bundeswehr besondere Taten vollbrachte, wurde befördert und erhielt Auszeichnungen. Wer sich normal verhielt, den ereilte – üblicherweise – eine Regelbeförderung. Das hieß nichts anderes, als dass mit der Entlassung aus dem Wehrdienst alle Gefreiten zu Obergefreiten ernannt wurden. Das war auch in unserer Kompanie so. Bis auf ein oder zwei Ausnahmen.

Eine davon war ich. Ich galt ja als latenter Störenfried. Meine ganze Art kam irgendwie nicht an. Warum das so war, war mir stets verborgen geblieben. So wie ich das sah, hatte ich mich ganz normal benommen. Doch der Spieß konnte mich nicht leiden. Eigentlich tat er mir herzlich leid, denn er musste noch viele, viele Jahre bei diesem Stumpfsinnsverein zubringen, während es für mich in absehbarer Zeit vorbei sein würde.

Die Beförderung war mir vollkommen egal; zumindest redete ich mir das ein. Die Zeit war rum,

und nur das war wichtig. Während vor dem Wehrdienst alle Pläne und Überlegungen durch diese
achtzehn Monate blockiert waren, so lag jetzt eine
planbare Zukunft vor mir. Ich war jung und die
Welt stand mir offen.

Ich verließ die Kaserne, in der ich anderthalb
Jahre lang nicht schlecht, aber ganz und gar unnütz
gelebt hatte – achtzehn Monate ganz und gar vertane Zeit. Mit erhobenem Stinkefinger schritt ich
bei schönstem Sonnenschein durchs Tor nach draußen. Ich war frei!

Falsch gelaufen – Ende gut

Zu unserem Montagetrupp, den ich für anderthalb Jahre verlassen hatte, gehörte auch Karl. Er war der Dienstälteste und damit der Ranghöchste von uns und stand kurz vor der Pensionierung. Karl übernahm alle Aufgaben, die außerhalb der eigentlichen technischen Arbeit anfielen, und das waren nicht wenige. Karl erledigte sämtlichen Schriftverkehr für uns, führte die Stundenbücher, die Spesenabrechnungen, fertigte die Wochenberichte an und war der Fahrer unseres Mannschaftswagens, ein mächtiger Deutz, der vorne mit vier Sitzen und hinten mit allerlei Gerätschaften bestückt war und in dem wir das ganze Material mitführten, das wir brauchten.

Mein Plan war es, nach dem Bund erst mal ausgiebig Urlaub zu machen und mich treiben zu lassen. Gott sei Dank hatte ich Karl. Der rief mich nämlich eine Woche vor der Entlassung vom Bund an und machte mir klar, dass ich direkt am nächsten Ersten zur Arbeit anzutreten hätte. Schließlich sei ich von der Post ja nur für den Wehrdienst beurlaubt worden. Also, Ade ihr Urlaubspläne, denn zwischen der Entlassung und dem neuen Dienstantritt lag nur eine Woche. Ich genoss die Zeit und meldete mich am Montag pünktlich zurück auf meiner Dienststelle.

Es war nicht so, dass ich die Gedanken und Pläne für meine berufliche Zukunft vergessen hatte. Den ersten Versuch, die Fachhochschulreife als Eingangstor zu einem Studium zu erlangen, hatte ich ja versemmelt. Ich würde also noch einmal Anlauf nehmen müssen. Mal sehen, vielleicht böte sich eine weitere Chance.

Doch zunächst wartete wieder die Post auf mich. Das nahm etwas den Druck raus. Ich war in sicheren Verhältnissen, musste mich eigentlich um nichts kümmern, verdiente nicht schlecht und hatte immer genug Zeit zu träumen. Nichts saß mir im Nacken und jagte mich, abgesehen von meinem eigenen Ehrgeiz, der immer wieder aufflackerte, aber durch die gesicherten Verhältnisse auch immer wieder Dämpfer erhielt. Denn die Arbeit war erträglich, technisch überschaubar und kam, zumindest in fachlicher Hinsicht, den Empfehlungen meines Beraters vom Arbeitsamt in Hannover sehr nahe. Wir würden sehen.

Und wieder war ich die Woche über von zu Hause weg, war also niemandem Rechenschaft schuldig. Auch wenn es an manchen Tagen und vor allem abends oftmals langweilig war, das machte mir nicht viel aus. Ich war gern allein. Ich ging zwar in die Dorfkneipen, suchte aber dort genauso wenig Anschluss, sondern saß an einer Theke, trank mein Bier und träumte vor mich hin. Das Leben war freundlich zu mir und ich war keineswegs unzufrieden.

Doch es standen erneut Veränderungen an, die ich nicht beeinflussen konnte. Nur wenige Monate, nachdem ich zurückgekehrt war, sollte ich wieder in meine Heimatstadt versetzt werden und dort in der Vermittlungsstelle eine Stelle antreten. Mir war das durchaus recht, weil mich Veränderungen schon immer beflügelt hatten, und es erwartete mich ein White-Collar-Job, ruhig und überschaubar. Zusammen mit zwei älteren Kollegen gehörte es zu meinen Aufgaben, die Vermittlungstechnik zu überwachen und bei Störungen wieder in Gang zu bringen. Nichts Aufregendes, aber mit hohem Wohlfühlfaktor.

Immerhin hatte ich einen ordentlichen Schreibtisch zur Verfügung, auf dem ich meine Tabakpfeifen und mein privates Schreibzeug platzieren konnte. Das war mir nicht unwichtig. Dadurch wurde niemand gestört, aber vor mir war wohl keiner auf die Idee gekommen, solch Privates und Persönliches ins Amt zu tragen. Meine älteren Kollegen besahen das mit einem Stirnrunzeln. Schließlich bekam ich einen kleinen Hinweis, dass so viel Individualität doch nicht ins Amt passe – und schon gar nicht von einem, der noch jung und dazu neu war. Ich passte mich an und räumte die Pfeifen in die Schublade.

Kaum war ich ein paar Wochen in diesem Job, rollte eine neue Herausforderung auf mich zu. Wollte ich bei der Post Karriere machen, und sei sie noch so bescheiden, ging das nur über die Verbeamtung. Gemäß meiner Ausbildung würde der mittlere Dienst infrage kommen. Doch vor den Ruf in den begehrten Beamtenstand hatte die Post noch eine Hürde eingebaut: Ich hatte meine Befähigung für die Verbeamtung und vor allem für die mittlere Laufbahn durch Prüfungen nachzuweisen. Da ich im technischen Dienst der Post war, würden sich die Prüfungen auf technische Fächer beziehen. Das galt im Übrigen auch für die Briefpost. Da waren die Prüfungen aber nicht technischer Art, sondern betrafen Verwaltungszeug.

Kombiniert mit der Beurteilungsnote des Vorgesetzten musste im Ergebnis mindestens eine Drei herauskommen, dann konnte ich Beamter im mittleren Dienst werden, vulgo: Postsekretär, Postobersekretär und Posthauptsekretär. Für besonders verdiente und brave Postler gab es, meist kurz vor der Pensionierung, noch die Beförderungsstufe zum Amtsrat.

Bei Nichtbestehen der Prüfungen allerdings blieb nur der einfache Dienst. Hier waren meistens die Angelernten ohne Abschluss angesiedelt. Diese Position entsprach der eines Briefträgers, was für mich selbstverständlich nicht infrage kam.

Die Post kam ihrer Fürsorgepflicht, wie es im Beamtendeutsch hieß, nach und schickte mich, wie alle anderen Kandidaten auch, zu einem mehrwöchigen Lehrgang, an dessen Ende die Prüfungen standen. Bei diesen ging es im Wesentlichen um zwei Bereiche, zum einen den der allgemeinen technischen Grundlagen der Elektrotechnik und zum anderen den postalischen, die Fernmeldetechnik. Mit dem ersten Teil, den Grundlagen, hatte ich kein Problem. Schließlich bestand dieser Stoff weitgehend aus Elementarwissen meines Lehrberufs.

Dann aber kam der zweite Teil, die Fernmeldetechnik, und die Probleme begannen. Die Regeln der Post sahen vor, dass man als Quereinsteiger gewöhnlich etwa zwei Jahre in einem Baubezirk arbeitete, um möglichst viel von den Grundlagen der Fernmeldetechnik in der Praxis mitzubekommen. Denn um diese Technik und deren praktische Anwendung ging es. Ich jedoch hatte fundamentale Lücken. Mir fehlten die Basiskenntnisse, weil ich nicht lange genug im Baubezirk gewesen war. Die Lehrer empfahlen mir zurückzugehen, den Stoff nachzuholen und die Prüfung ein halbes Jahr später abzulegen.

Ich suchte also meinen Dienststellenleiter auf und schilderte mein Problem. Er hörte sich das Ganze an und wand sich raus. Da müsse ich durch und ein Aufschieben komme nicht infrage. Er faselte von Vorschriften und ähnlichem Beamten-Blabla. Dabei hätte er, das wusste ich von Kollegen, mir durchaus entgegenkommen können. Aber er blieb hartleibig.

Mit diesem Ergebnis blieb mir nichts anderes übrig, als auf Teufel komm raus zu büffeln und mein Bestes zu geben, um die Prüfungen zu bestehen. Schließlich fanden sie statt und ich kam mit einer Dreikommaeins raus. Das war knapp, sehr knapp. Doch nach Meinung der Prüfkommission sollte das kein Problem sein, denn dieses Ergebnis konnte durch die persönliche Beurteilung des Vorgesetzten – üblicherweise – ausgeglichen werden.

Eine Beurteilung im Beamtenwesen, und speziell bei der Post, war gleichzeitig sowohl eine einfache als auch eine hochkomplizierte Sache. Einfach deshalb, weil ein Vorgesetzter über die Eindrücke sprach, die die Person bei ihm hinterlassen hatte. Er gab ein Feedback, man diskutierte die Punkte und am Ende einigte man sich. Das setzte natürlich voraus, dass der Vorgesetzte die zu beurteilende Person kannte und somit überhaupt in der Lage war, deren Arbeit zu beurteilen. Und genau hier lag der Haken, wurde es kompliziert.

Nun musste man wissen, dass ein Vorgesetzter bei der Post nicht unbedingt einer war, mit dem man täglich zu tun hatte. Meiner, der Dienststellenleiter, hatte Dutzende von Mitarbeitern an mehreren Standorten. Oftmals sah ich ihn wochenlang nicht – folglich er mich auch nicht. Von allen Kollegen wäre mein Dienststellenleiter am wenigsten in der Lage gewesen, mich zu beurteilen. Natürlich wusste er, wer ich war, und kannte meinen Namen, aber das war's auch schon. Eine abstruse Situation. Aber so waren die Verhältnisse in der postalischen Beamtenschaft – und nicht nur da.

Schließlich hatten wir unser Beurteilungsgespräch. Um in den mittleren Dienst zu kommen, brauchte ich eine Zwei, um die Dreikommaeins auszugleichen. Doch mein Chef teilte mir mit, dass er das nicht verantworten könne und führte eine seltsame Logik ins Feld.

»Sicher«, so argumentierte er, »ich könnte Ihnen ohne Weiteres eine Zwei geben. Aber dann müsste ich Ihren erfahrenen und älteren Kollegen eine Eins geben.« Diese wiederum hätten aber kein »Sehr gut« verdient, denn eine Eins vergebe er grundsätzlich nicht. Also könne er mir nur eine Drei geben.

Ich war schlichtweg sprachlos. Auf so eine Begründung musste man erst einmal kommen! Meine Beamtenkarriere im mittleren Postdienst schwamm davon.

Sozusagen im Schnelldurchgang hatte ich einen wesentlichen Teil des deutschen Beamtentums vermittelt bekommen. Schlagartig wurde mir klar, dass das der falsche Verein für mich war. Das war nicht meine Welt. Bequemer Job hin oder her. Hier hatte ich keine wirkliche Zukunft.

Nun war mein Kopf wieder frei für meine alten Pläne. Durch einen Anruf erfuhr ich, dass in wenigen Wochen erneut eine Aufnahmeprüfung für die Fachoberschule stattfand. Das erste von drei Semestern sollte Mitte Februar beginnen.

Da ich inzwischen ordentlich gespart hatte und ein gutes Polster auf der Sparkasse lag, würde ich meinen Eltern, abgesehen vom Essen, Trinken und Wohnen, nicht allzu sehr auf der Tasche liegen müssen.

Ich besprach meine Pläne mit meinem alten Pfadfinderkumpel Pöppel, der inzwischen im

Norddeutschen als Betriebswirt bei einer renommierten Kaffeefirma untergekommen war. Wir hatten uns zwar aus den Augen, aber nicht aus dem Sinn verloren. Er riet mir zu und machte mir Mut. Wir telefonierten oft, denn telefonieren war ja bei der Post umsonst und das nutzte ich fleißig.

Diesmal hatte ich mich gründlich auf die Aufnahmeprüfung vorbereitet, schließlich wusste ich ja, worauf es ankam.

Zwei Tage vorher telefonierte ich noch mal mit Pöppel.

»Und was machst du, wenn es nicht klappt, wenn du durchfällst?«, fragte er mich.

Ich hatte den Hörer am Ohr und schwieg. Einen Plan B hatte ich nicht. Es musste klappen. »Ich habe keinen anderen Plan, es muss diesmal einfach hinhauen«, antwortete ich voller Zuversicht.

»Mach dir mal keine Gedanken, du schaffst das«, ermutigte er mich.

Den Ablauf der Aufnahmeprüfung kannte ich ja schon. Diesmal ging es für mich aber um deutlich mehr als beim ersten Mal. Das war mir sehr bewusst. Offenbar brauchte ich einen gewissen Druck, um zu funktionieren, jedenfalls im Sinne eines positiven Ergebnisses. Dieser Druck war nun vorhanden – und so bestand ich die Aufnahmeprüfung. Nun konnte ich kündigen!

Wenige Monate später würde ich ein neues Kapitel aufschlagen können.

IV Zündstoff

Wenn der Junge am Wochenende zu Hause war, ging er gewöhnlich sonntagabends aus. Schick angezogen mit Anzug und Krawatte, wie es üblich war, zog er am frühen Abend los in die Innenstadt – immerhin eine Strecke von gut vier Kilometern. Aber er war gern zu Fuß unterwegs. Beim Laufen konnte er – schon immer ein Tagträumer gewesen – seine Gedanken schweifen lassen.

Er hätte seinen Vater um das Auto bitten können, aber das wollte er nicht überstrapazieren und außerdem hätte er dann vorher und nachher Rede und Antwort stehen müssen: Warum willst du das Auto und wo willst du hin?

Eigentlich kein Problem, aber er wollte nicht darüber sprechen, seine Eltern nicht teilhaben lassen, auch wenn seine Abende weitgehend harmlos waren. Doch wenn er seine Eltern einbezog, hätten sie nachgefragt; er hätte sich erklären müssen. Das war ihm zuwider, das wollte er nicht.

Das kurze Intermezzo mit einem Mädchen aus der Nachbarschaft hatte ihm gereicht.

Nicht weit von seinem Elternhaus hatte man einen schicken Neubau errichtet – einen für die Gegend und die Zeit außergewöhnlichen Bau mit viel Beton und Glas, in dem sich Eigentumswohnungen befanden.

Im Obergeschoss hatte sich eine Familie mit einer halbwüchsigen Tochter eingekauft. Der Ehemann und Vater war in der Stadt kein unbekannter. Als Kommunalpolitiker und Architekt hatte er eine gewisse Prominenz, die die Familie aber ganz und gar nicht zur Schau stellte, im Gegenteil. Wäre die Tochter nicht gewesen, die Leute wären dem Jungen gar nicht aufgefallen.

Bei irgendeiner Gelegenheit hatte er das Mädchen im nahen und einzigen Laden der Gegend kennengelernt. Und da sie fast den gleichen Heimweg hatten, begleitete er sie. Dabei ging es ganz manierlich zu. Doch bereits nach ein paar hundert Metern duzten sie sich und er erfuhr, dass sie Jule hieß, ein wenig jünger war als er und das Nonnengymnasium in der Innenstadt besuchte, zu der alle Familien, die was auf sich hielten, ihre Töchter schickten.

Er erzählte ihr von seiner Stelle bei der Post und von seiner Arbeit. Sie zeigte Interesse, und an ihrer elterlichen Haustür angekommen, fasste er sich ein Herz und verabredete sich mit ihr. Am folgenden Samstag wollte er sie abholen und mit ihr ins Kino gehen oder etwas Ähnliches unternehmen. Das würde sich ergeben.

Ordentlich angezogen, mit Anzug und Krawatte, stand er dann um sieben Uhr vor Jules Tür und lernte so auch ihre Eltern kennen. Jule war ihr einziges Kind und die Familie lebte deutlich anders, als der Junge es gewohnt war. Alles war sehr gediegen, umsichtig und sorgfältig gestaltet und jedes Möbelstück schien ausgesucht zu sein. Hier war sichtbar ein Architekt, eine intellektuelle Familie zu Hause. Der Junge war beeindruckt.

Alles war prima, Jule und er verstanden sich gut und, was besonders wichtig war, ihnen gingen die Themen nicht aus. Denn das war ja ab und an, wenn ein Junge in seinem Alter ein Mädchen kennenlernte, ein gewisses Handicap. Jungs untereinander hatten immer Gesprächsthemen. Aber mit Jule lief das besser, auch wenn da doch erhebliche Gegensätze waren. Sie, die gerade ihr großes Latinum abschloss und passionierte »Zeit«-Leserin war, und er, der praxisorientierte Handwerker.

Beide waren jung genug, damit umgehen zu können, zumal sich sonst nichts zwischen ihnen abspielte, von gelegentlichen Knutschereien mal abgesehen. Sie waren befreundet – aber sie gingen nicht miteinander, wie man das nannte. Ihre unterschiedlichen Bildungsstände spielten in ihrem Umgang miteinander nicht die geringste Rolle. Dafür aber bekam der Junge ein Problem aus einer ganz anderen Richtung. Die Familie war nämlich durch und durch protestantisch!

Um das festzustellen, brauchte es nicht viel. Weder die Eltern noch die Tochter sah man sonntags zur Messe gehen. Das fiel auf und war bald bei allen Nachbarn rum. Sie waren zugezogen. In der Innenstadt gab es zwar eine einzige evangelische Kirche und entsprechend klein war die Gemeinde. Aber das war's auch in der ansonsten durch und durch katholischen Stadt. Schnell hatte sich herumgesprochen, dass die Neuen zwar getauft, aber eben dennoch anders, zugezogen und nicht katholisch waren.

Den Jungen interessierte das ganz und gar nicht. Hatte er doch längst seine Abnabelung von Mutter Kirche vollzogen, wenn auch buchstäblich im Schatten des Domes und heimlich. Es war nur eine Frage der Zeit, der passenden Gelegenheit, wann er sich offiziell abwenden, aus der Kirche austreten würde. Er kam gar nicht auf den Gedanken, dass die Religionszugehörigkeit in der aufkeimenden Beziehung eine Rolle spielen sollte. Religion hätte da nur störend gewirkt.

Doch der Junge hatte die Rechnung ohne seine Eltern, im Besonderen seine Mutter gemacht. Sie hatte die Entwicklung genau beobachtet und hielt sich bei den ersten Begegnungen mit Jule zurück. Dann aber, nachdem ihre Treffen eine gewisse Regelmäßigkeit erreicht hatten, nahm seine Mutter ihn eines Tages beiseite und kam auf die Beziehung zu sprechen. Der Junge reagierte bockig und schließlich, als sie merkte, dass das alles nicht verfing, kam der ultimative Drucksatz zur Anwendung: »Es gibt doch so viele nette katholische Mädchen, muss es denn eine evangelische sein?«

Er versuchte allerlei Ausflüchte, dass er Jule schließlich nicht heiraten wolle, sondern nur mit ihr ausging. Nur schlecht hätte er seiner Mutter sagen können, dass er eher daran interessiert war, wie er

Jule zu mehr als ein paar keuschen Wangenküss-chen motivieren konnte.

Verdammt noch mal – er wollte jetzt etwas Spaß haben, und nicht fürs Leben planen. Schließlich lebte er im Hier und Heute.

Und jetzt war erst mal Jule seine Favoritin. Sei-netwegen hätte sie auch ungetauft sein können – es hätte ihren Reiz höchstens noch erhöht. Da war er ganz auf Konfrontationskurs.

Aber selbstverständlich kamen solche Diskussi-onen zwischen ihm und seinen Eltern, oder besser gesagt mit seiner Mutter, erst gar nicht infrage. Ins-geheim war er wütend auf sich selbst, warf sich vor, immer wieder den gleichen Fehler zu machen. So schwor er sich, in Zukunft kritische Themen, Bezie-hungen und Begegnungen überhaupt nicht mehr in die Familie zu tragen und so jeder Diskussion aus dem Wege zu gehen.

Erstmalig kamen ihm Gedanken, wie es wohl wäre, eine eigene Wohnung zu haben. Doch das war blanke Theorie, denn es hätte den totalen und dauerhaften Bruch mit seinen Eltern bedeutet. Wenn ihr Ältester auszog, dann nur, wenn er in eine andere Stadt gehen würde. Auf keinen Fall aber würden die Eltern das tolerieren, wenn er hier-bliebe, denn das hätte in ihren Augen eine Nieder-lage bedeutet. Den Nachbarn und vor allem den Verwandten hätte es einen Grund zum Tratschen geliefert. So blieb es dann dabei: Die Diskussionen mit seiner Mutter liefen ins Leere. Ohne Ergebnis, aber mit Stress für beide.

Dabei erledigte sich die Sache mit Jule alsbald von selbst. Der Junge war jetzt beruflich öfter unterwegs und so schlief die Beziehung zu ihr ein.

Er hatte sich angewöhnt, sonntagabends in eines der besten Speiselokale der Stadt zu gehen und dort allein an einem weißgedeckten Tisch sitzend einen Wein zu trinken. Nicht dass er etwas von Weinen verstand, aber er fand, dass sich das gut machte, und fühlte sich wohl dabei. Überhaupt, die ganze Umgebung, ruhig und ohne Hast, gefiel ihm ausnehmend gut.

Woher dieses, seinen Lebensumständen ganz und gar nicht entsprechende und somit ein wenig bizarr erscheinende Verhalten kam, hätte der Junge nicht erklären können. Es gehörte wohl zu seiner Entwicklung, wie so vieles auf dem Weg zu seinem Ziel, das er noch nicht kannte.

Nachdem er eine gute Dreiviertelstunde in dem Restaurant zugebracht hatte, füllten sich die Tische mit Gästen, die oftmals als ganze Familien zum Abendessen kamen. Dann war es Zeit für ihn zu gehen. Auf die Idee, in dem Lokal zu Abend zu essen, kam er nie. Auswärts essen, abgesehen von Kantinen und einfachen Bierlokalen, war für ihn immer noch eine besondere Sache. Außerdem war es ihm zu teuer. Genuss durch Essen zu erlangen, so weit war er noch nicht. Noch hatte es ihm keiner gezeigt oder seine Sinne dafür geschärft.

So zog der Junge dann weiter und sein nächstes Ziel war die Scotch-Bar, ein absolutes Highlight in der Kneipenszene der Stadt. Der Barkeeper, ein gebürtiger Franzose mit afrikanischen Wurzeln, war der Star in dem Provinzstädtchen. Er hatte immer die neuesten Schallplatten aus Paris und bei ihm hörten die Gäste Musik von Charles Aznavour, Miriam Makeba, Gilbert Bécaud, France Gall und Salvatore Adamo, um nur einige zu nennen.

Der Schuppen war der angesagte Treffpunkt für alle, die sich für prominent und wichtig hielten. Doch die trafen erst später am Abend ein, wenn der Junge bereits wieder gegangen war, denn für mehr als ein und zuweilen zwei Whisky, bevorzugt Johnnie Walker, reichte sein Geld nicht. Trotzdem – er genoss es. Die Musik, das Halbdunkel, die ganze Atmosphäre.

Allmählich wurde er kneipenfest.

In Lolas warmem Schoße

Wenige Jahre zuvor hatte in der Nähe unseres Rathauses ein Bierlokal wiedereröffnet, dessen Name »Lola« einen bemerkenswerten Ruf weit über die Stadtgrenzen hinaus hatte.

Seit Kaisers Zeiten gab es nahe der Stadt einen der berühmtesten, um nicht zu sagen, den berüchtigtsten Truppenübungsplatz des Landes. Ganze Generationen von Soldaten, schon weit vor dem Ersten Weltkrieg, hatten sich dort durch den Sand gebuddelt. Hin und wieder, wenn sie an Wochenenden frei hatten, strömten sie in die Stadt und dort in ein Etablissement, über das die Besitzerin namens Lola regierte. Wenn die Erzählungen stimmten, dann konnte sich das Lokal durchaus mit entsprechenden Etablissements jener Zeit – ob in Berlin oder auf Hamburgs Reeperbahn – vergleichen.

Noch weit nach dem Zweiten Weltkrieg konnte man im ganzen Land ältere Männer treffen, die sofort glänzende Augen bekamen, wenn sie den Namen der Stadt hörten. Die Standardfrage war dann: »Gibt's Lola noch?«

Das Lokal, inzwischen kein Bums- mehr, sondern ein höchst seriöses Bierlokal im zeitgemäßen altdeutschen Stil eingerichtet, entwickelte sich innerhalb kurzer Zeit zu einem beliebten Treffpunkt für jüngere Leute. Es ergab sich, dass ich dort unter der Woche häufiger Gast war.

Wie es so war, wenn man regelmäßig in bestimmte Kneipen ging, irgendwann kam man mit den Leuten ins Gespräch. Spätestens beim dritten Treffen war man bekannt miteinander, duzte sich und hatte schnell in einer Clique Fuß gefasst.

Die, mit denen ich mich häufig im Lola traf, waren durch die Bank gut fünf bis zehn Jahre älter. Einige waren bereits in festen Händen oder hatten zumindest feste Freundinnen.

Wir trafen uns meistens freitagabends und hatten, ganz nach Sitte der Väter, einen Stammtisch. Das hieß, wir saßen wenn möglich immer am gleichen Tisch. Volker und Maja, Reiner, Franz, Bertram und Julia, und vor allem Walter. Das war der harte Kern. Andere, wie Fabian, Kurt und Thomas, kamen ab und an dazu. Jeder, wie er Lust, Laune und Zeit hatte. Es war ein Männerhaufen, die Frauen kamen erst durch ihre Freundschaft mit den Männern dazu. Alles ganz unspektakulär – wir tranken vorwiegend Bier, erzählten und redeten über allerlei Wichtiges und Unwichtiges, selten über Politik.

Dort fühlte ich mich sehr wohl, auch wenn ich zuweilen unruhig und unstet war. Nie konnte ich mich lange an einem Ort aufhalten. Nach ein, spätestens zwei Stunden wechselte ich das Lokal, zog weiter in andere und kehrte später wieder zurück. Ich war ruhelos, so, als suchte ich etwas, und hatte, wie man so sagte, Hummeln im Hintern.

Ich gehörte zu denen, die ab und zu in Begleitung einer Frau auftauchten. Auch wenn ich viele

Frauen kannte, eine feste Beziehung hatte ich nicht. Die Clique wurde für mich vor allem dann zu einem Treffpunkt, wenn mal gerade nichts mit einem Mädchen anstand, wenn ich wieder solo unterwegs war und also nichts Besseres zu tun hatte.

Manchmal sah man einen der Kumpels ein halbes Jahr nicht. Dann tauchte er plötzlich wieder auf und alle wussten, die Sache mit der aktuellen Favoritin hatte sich erledigt. Wir sprachen nicht darüber, es sei denn, der Betreffende wollte seinen Schmerz teilen. Doch das passierte eigentlich nie. Man reihte sich wieder ein, bestellte eine Runde für alle und damit war es gut. Auf die Clique war Verlass, ein bisschen wie Heimat. Im Lola traf man immer den einen oder anderen zum Quatschen und zu einem frischen Bier. Langweilig wurde es nie.

Absolute Höhepunkte in der Clique waren die Feten, die wir bei allen möglichen Gelegenheiten feierten.

Walter, mit knapp über dreißig der Älteste von uns, war Erbe eines Mehrfamilienhauses und hatte sich dort einen respektablen Partykeller eingerichtet. Wer ein eigenes Haus hatte und etwas auf sich hielt, der richtete sich in jener Zeit einen Partykeller ein. Zu allen sich bietenden Anlässen kam die Clique bei Walter zusammen und feierte. Anlässe gab es genug: Geburtstage, Silvester natürlich, oder einfach weil Sommer, Herbst oder sonst was war. Da wurde auch kein großer Aufwand getrieben. Es genügte ein kleines Fass Bier, für zwanzig bis dreißig

Liter und meistens dekorativ aus Holz, wenn möglich aus der heimischen Brauerei, und los ging's. Irgendjemand steuerte Nudelsalat bei, aber das war eher nebensächlich. Hauptsache, es war ausreichend Alkohol vorhanden.

Wir feierten wirklich reichlich; ständig war etwas los. Aber irgendwie wurde das mit der Zeit langweilig. Interessanter wurde es erst, als nach und nach fast alle in der Clique die ein oder andere Freundin, ob fest liiert oder in lockerer Bekanntschaft, mitbrachten. Da kam frischer Wind auf. Die Gespräche waren bei Weitem nicht mehr so zotig und gesoffen wurde auch weniger.

Nach einiger Zeit trafen wir uns ab und an auch mal in anderen Kneipen und in Restaurants, um zusammen zu essen. Plötzlich waren die neuen Italiener, Griechen und andere ebenso angesagt wie unsere Lola. Die Clique veränderte sich und die vertrauten Rituale des wöchentlichen Stammtisches lösten sich langsam auf.

Neues Leben

Das Jahrzehnt ging dem Ende zu und ich saß seit Februar wieder in der Zweierbank, und vorne unter der Tafel, der Klasse zugewandt, saß unser Klassenlehrer, Herr Hase. Schon etwas betagt und knapp über dem Rentenalter, aber in seinem Fach Deutsch und Literatur ein absoluter Kenner.

Es war wie früher. Nur dass wir, zwanzig junge Männer, alle älter waren, als man sich Schüler gemeinhin vorstellt. Uns einte der Wunsch, etwas nachzuholen, was wir aus sehr unterschiedlichen Gründen vor Jahren verpasst hatten. Nämlich die Bildungsreife, die uns den Zugang zu einer Hochschule ermöglichte. Die meisten meiner Mitschüler hatten gerade ihre Ausbildung beendet, und so war ich der Einzige, der schon beim Bund gewesen war und dazu über eine Berufserfahrung nach der Lehrzeit verfügte.

Zum ersten Mal in meinem Leben war ich in einer Gemeinschaft nicht der Jüngste, sondern der Älteste. Ein völlig neues Gefühl, das besonders deutlich wurde, als es in den ersten Wochen darum ging, einen Klassensprecher zu wählen. Ich wurde als Einziger vorgeschlagen und ohne Gegenstimme gewählt. So einfach war das. Ich fing an, es zu genießen.

Der Schulalltag gestaltete sich simpel. Morgens Unterricht, nachmittags frei, um zu lernen, und samstags frei. Ich gewöhnte mich schnell an diesen

Rhythmus. Wir hatten genau die Fächer, die auch auf dem ersten Bildungsweg in den regulären Schulen unterrichtet wurden. Nur unsere Lehrer, die auch allesamt an der angeschlossenen Berufsschule Unterricht gaben, waren wohl im Schnitt etwas älter als die an einer Realschule.

Wie sich schnell herausstellte, waren meine Lieblingsfächer Deutsch, Geschichte und das, was man Gemeinschaftskunde nannte. Also genau die Fächer, in denen ich schon in der Volksschule gute Noten erreicht hatte und die als sogenannte Laberfächer bei Naturwissenschaftlern verrufen waren. Es würde sich zeigen, ob das die besten Voraussetzungen für ein Ingenieurstudium sein würden ...

Mit Physik und Mathematik stand ich zwar nicht auf Kriegsfuß, doch von Liebe auf den ersten Blick konnte wahrlich keine Rede sein. Ich war der typische empirisch Lernende, der sich nicht am Lösungsweg, sondern am Ergebnis orientierte. Ich schätzte und gewöhnte mich an die Try-and-Error-Methode. Die Bücher, die wir in Mathe benutzten, hatten zwar jede Menge Übungsaufgaben, aber sie zeigten leider die Ergebnisse nicht. Dafür gab es extra Ausgaben, die von den Verlagen aber nur an ausgewiesene Lehrkräfte geliefert wurden.

In meiner Not rief ich meinen Vetter Willi an, der als Studienrat für Mathematik am nahen Gymnasium tätig war. Ich überredete ihn, für mich eine Lehrerversion zu beschaffen.

Willi hatte zunächst Bedenken, ließ sich dann aber doch erweichen. Sobald ich auf das Buch zurückgreifen konnte, fiel mir der Stoff leichter. Damit konnte ich üben und meine Ergebnisse direkt überprüfen.

Alles lief gut und besonders in Deutsch und Geschichte, beziehungsweise im Bereich Literatur, konnte ich bald glänzen und meine Referate wurden von dem Deutschlehrer wiederholt als vorbildlich benotet. Leider kamen aber Orthografie und Rechtschreibung zu kurz. Wie sich nämlich herausstellte, waren alle Mitschüler auf diesem Feld mehr oder weniger unsicher.

Ich wurde also beauftragt, mit dem Deutschlehrer einen anderen Lernschwerpunkt auszuhandeln. So sehr uns Literatur und Geschichte gefielen, wir wollten das lernen, was uns fehlte. Unser Lehrer reagierte sehr zurückhaltend. Anstatt sich zu freuen, dass wir von uns aus die Initiative ergriffen, kam er mit Lehrplänen.

Schließlich ließ er sich aber doch herab, einige Stunden Grammatik einzubauen. Da wurden dann die Defizite sichtbar, allerdings auch auf seiner Seite, denn in diesem Bereich war unser betagter Lehrer nicht sattelfest. Was er didaktisch in Sachen Literatur brillant draufhatte, ließ er in der Grammatik vermissen.

Wir waren an unserer Schule insgesamt sechs Klassen, in denen erwachsene Schüler, in der deutlichen Mehrzahl junge Männer, ihre Fachhochschulreife erlangen wollten.

Innerhalb des ersten Semesters wurde ich als Schulsprecher dieser Schule gewählt und als solcher auch zu allen möglichen Konferenzen der Lehrerschaft eingeladen. Meistens ging es dabei um organisatorische Dinge, zum Beispiel das leidige Thema Rauchen auf dem Schulhof. Grundsätzlich war das nämlich verboten. Dabei stand aber weniger die Gesundheit der Schüler im Vordergrund, sondern mehr die Sauberkeit des Schulhofs.

Bei einer dieser Konferenzen wurde ein anderes, weitaus gravierenderes Thema offenbar: Anscheinend gab es an der Schule eine nicht unbedeutende, wenn auch sehr verdeckte Kifferszene.

Bisher war ich damit überhaupt nicht in Berührung gekommen. Drogen, Joints, Kiffen, das war für mich sehr weit weg. Irgendwie gehörte das nach Berlin, Hamburg oder München, aber nicht in unsere Bischofsstadt.

Doch im Schatten des Doms war's immer dunkel, wie es sprichwörtlich hieß und wie sich herausstellen sollte. Denn um mehr über das Thema zu erfahren und mich kundig zu machen, ging ich zur Polizei. Die Beamten reagierten höchst erfreut, dass sich mal jemand aus der Schulszene für das Thema interessierte. Ich bekam einen tiefen Einblick.

Die Polizisten vom Rauschgiftdezernat nahmen dann auch kein Blatt vor den Mund und klärten mich auf, was in der Stadt in Sachen Drogen so abging. Ich staunte nur, welche mir bekannten Gesichter ich da auf den Ermittlungsfotos sah. Nie und nimmer hätte ich eine so valide Drogenszene in unserer Stadt vermutet.

Schließlich baten mich die Beamten, an der Schule die Augen aufzuhalten und sie zu informieren, wenn mir Dealer auffallen sollten. Ich versprach zu helfen. Doch das Thema rutschte irgendwie aus meinen Prioritäten, denn allmählich stellte sich die Frage, wie es wohl nach der Fachoberschule weitergehen würde. Welche Fachrichtung sollte ich studieren?

Tatsächlich kam eigentlich nichts anderes als ein Studium an einer Ingenieurschule infrage. Für die Betriebswirtschaftslehre oder ähnliche Richtungen an einer Fachhochschule hätte ich erneut ein Praktikum oder gar eine ganze Ausbildung gebraucht, aber das hatte ich ja alles früher schon überlegt und verworfen.

Ich liebäugelte auch mit dem Besuch einer pädagogischen Hochschule. Doch dafür musste man das reguläre Abitur haben, oder aber eine Sonderbegabtenprüfung ablegen. Unter meinen Kneipenfreunden befand sich eine ganze Reihe Studenten, die auf Lehramt studierten.

Außerdem war ich noch anders beeinflusst. Ich war nämlich seit einigen Monaten mit Lisa befreundet. Bei ihr und ihrer Familie verbrachte ich bald mehr Zeit als bei mir zu Hause. Ihr Vater, ein Beamter in der Schulverwaltung, hatte mitbekommen, dass ich mich für ein Lehramtsstudium interessierte, und riet mir zu der Aufnahmeprüfung. Die war so angelegt, dass der Reifegrad und die

Allgemeinbildung der Kandidaten geprüft werden sollten, oder anders ausgedrückt: War der Kandidat in der Lage, das anstehende Studium zu schaffen? Maßstab dafür war wohl das gängige Abiturwissen aus dem ersten Bildungsweg. Dieses Wissen hatte ich natürlich nicht. Woher auch?

Vielleicht war es aber auch nur ein wenig naiv von mir, die Sonderbegabtenprüfung anzugehen, ohne mich dafür speziell zu präparieren. Kurzum, ich nahm daran teil und die Kommission befand, dass ich nicht besonders begabt sei, jedenfalls nicht genug, um für das Lehramt tauglich zu sein.

Natürlich war ich nicht erfreut über das Ergebnis. Doch blieb mir so eine ganze Menge erspart, auch wenn ich das zu der Zeit noch nicht wissen konnte. Ich wäre im Lehramt keineswegs glücklich geworden. Außerdem war mir auf diese Weise mal wieder eine Entscheidung qua eigenem »Versagen« abgenommen worden.

Für die kommenden Ferien hatten Lisa und ich einen gemeinsamen Urlaub geplant. Sie war zwei Jahre jünger als ich und hatte nach dem Abi eine Ausbildung zur Medizinisch-technischen Assistentin begonnen. Ihren Urlaub wollte sie in den großen Ferien nehmen.

Der Planung und Durchführung stand eigentlich nichts im Wege. Entsprechend unseren schmalen finanziellen Mitteln planten wir einen Campingurlaub in Italien, mit geliehenem Zelt und Minimalausstattung. Wir hatten nicht mal ordentliche

Schlafsäcke. Wozu auch? Es würde warm sein und wenn nicht, würden wir es uns warm machen.

Einige Monate vorher hatte ich mein erstes Auto, einen DKW Junior gekauft. Ich hatte nebenbei, meist nachts, bei einem Taxiunternehmer gejobbt und davon die Karre bezahlt. Völlig ohne jede Erfahrung ließ ich mir dieses schicke, technisch aber fragwürdige, mit einem Zweitaktmotor angetriebene Auto andrehen. Es sollte nicht meine einzige Fehlentscheidung in Sachen Mobilität bleiben. Doch zunächst einmal lief der rot-weiß lackierte Wagen störungsfrei und machte mich beweglich.

So ausgestattet wollten wir Italien bereisen, genauer gesagt, waren unsere Ziele Rimini und Florenz. Lisas Eltern, speziell ihre Mutter – der Vater hielt sich aus familiären Dingen raus –, hatten zunächst nichts dagegen, denn sie gingen erst mal davon aus, dass wir in Pensionen übernachten würden. In getrennten Zimmern natürlich, alles andere hätten sie niemals zugelassen und wäre undiskutabel gewesen.

Lisa war kein Kind von Traurigkeit, und ich erst recht nicht. Alle Welt sprach über Uschi Obermaier, Rainer Langhans und die Kommune 1 in Berlin, über die freie Liebe und über all die Möglichkeiten, wie man Spaß haben konnte. »Stern«, »Quick« und die anderen bunten Blätter druckten immer freizügiger und wir Jungs schauten verzückt auf Uschis runden Busen.

Doch das war's schon weitgehend, denn das neue Dolce Vita war bei uns in der Provinz noch längst nicht angekommen. Noch immer war die Beschaffung von Antibabypillen keine Selbstverständlichkeit für Frauen, die noch nicht volljährig waren, und Kondome zog man vorzugsweise, weil anonym, aus dem Automaten. Wollte man sie ganz offiziell in Drogerien und Apotheken kaufen, fuhr man in eine andere Stadt, denn hier kannte man sich. Der Bischof und die Eltern hatten noch ziemlich eisern die Hände auf allem, was wir gern gewollt hätten. Mobile Jungs mit eigenem Auto hatten gelegentlich einen klaren Heimvorteil.

Also ließen wir Lisas Eltern in dem festen Glauben unserer keuschen Zuverlässigkeit. Doch da gab es ein logistisches Problem: Das Zelt, geliehen von einem Freund, nahm erheblichen Platz im Kofferraum ein und war unübersehbar. Würde ich damit bei Lisa vorfahren, fiele das ihrer Mutter sicher auf. Das war so sicher wie das Amen in der Kirche. Damit würde der Urlaub platzen. Ich musste mir also etwas einfallen lassen.

Am Reisetag fuhr ich zum Bahnhof, packte das Zelt in eines der Schließfächer und holte Lisa ab. Es kam, wie wir es vorausgesehen hatten: Ihre Mutter begutachtete das Auto von vorne bis hinten und war erst beruhigt, als sie nirgendwo Campingsachen entdecken konnte.

Schließlich durften wir los. Schnell war das Zelt am Bahnhof abgeholt und verstaut. Der Fahrt in den Süden stand nichts mehr im Wege. Unsere Route sollte uns über die Westalpen nach Italien führen, die erste Etappe bis vor die Schweizer

Grenze. Es war bereits später Abend, als wir auf dem Campingplatz ankamen. Dummerweise hatte ich es versäumt, das Zelt einmal zur Probe bei Tageslicht aufzubauen. Dieses Versäumnis rächte sich jetzt. Schließlich, nach einer desaströsen Stunde mit viel Fluchen und einer zunehmend genervten und sich kratzbürstig gebärenden Lisa, stand das Zelt und wir konnten in ziemlich mieser Stimmung unsere Luftmatratzen beziehen.

Der Aufbau des Zelts war zwar in den folgenden zwei Wochen kein großes Thema mehr, dafür blieb die Stimmung gereizt. Unsere Ausrüstung war doch wohl etwas dürftig und das durchwachsene Wetter tat sein Übriges. Meine Pfadfinderromantik und Lisas Vorstellungen von einem Italienurlaub erwiesen sich an so manchen Stellen als wenig kompatibel.

Kurz und gut, es lief nicht so, wie es jeder von uns wohl für sich erwartet hatte. Wir stritten uns um Kleinigkeiten. Ich fand Lisa ziemlich zickig und sie mich wohl sehr stur. Mit unserer Reisekasse bewegten wir uns ständig am Rande der Ebbe und hatten keinerlei Spielraum für Extras.

Ungefähr zur Zeit unserer Reise fand ein paar Tausend Kilometer entfernt, an der amerikanischen Ostküste, ein großes Rockfestival statt, das später Musikgeschichte schreiben sollte: Woodstock. Doch davon bekamen wir nichts mit. Bekannt und berühmt wurde dieses Ereignis erst später.

Wenigstens verlief unsere Rückreise einigermaßen harmonisch, aber nicht ohne Probleme. In Mailand hatte ich mir die Adresse des Campingplatzes
nicht gemerkt und als wir nachts im Dunkeln aus
der Innenstadt, wo wir gegessen hatten, zurück-
wollten, sah ich ziemlich blamiert aus. Ich hatte
mich total verfranzt und Lisa machte Stress.

Schließlich hielt ein Polizeiwagen neben uns
und da einer der Polizisten Englisch sprach, konnte
Lisa, die wesentlich besser Englisch konnte als ich,
unser Problem erklären. Es gab zwar mehr als einen Zeltplatz in Mailand, aber bald war klar, wo
wir hinmussten. Die Carabinieri ließen es sich nicht
nehmen, uns den Weg zu zeigen. Ob sie das auch
gemacht hätten, wenn ich allein und ohne die
blonde, miniberockte Lisa gewesen wäre, bezwei-
felte ich stark.

Doch damit nicht genug. Als wir am anderen
Morgen starten wollten, stellte sich heraus, dass die
Bremsen an meinem Wagen nicht in Ordnung waren. Ich überlegte hin und her und erwog ernsthaft,
nur mit der Handbremse über den Gotthard zu
kommen. Doch die Vernunft obsiegte.

Wir fanden eine einfache Autowerkstatt; der
Mechaniker kippte einfach einen halben Liter
Bremsflüssigkeit nach und schon schien alles in
Ordnung. Ich musste nichts bezahlen. Und tatsäch-
lich, solange ich die Karre hatte, Probleme mit den
Bremsen hatte ich nie mehr. Unserer Heimfahrt
stand nichts mehr im Wege. Abends kamen wir zu

Hause an, nicht ohne uns vorher des Zelts via Schließfach zu entledigen.

Unsere Beziehung hatte einen Knacks bekommen, und für eine dauerhafte Sache waren wir beide emotional – noch – nicht ausgestattet. Weder Lisa noch ich wussten, wohin wir eigentlich wollten. Wir waren im besten Sinne des Wortes noch dabei, uns zu finden, aber jeder für sich und nicht durch Beziehungen behindert.

Hatten wir uns vor dem Urlaub nahezu täglich gesehen, so trafen wir uns danach seltener, zunächst alle zwei Tage, dann nur einmal die Woche und schließlich gar nicht mehr. Es gab keine Abschiedsszenen. Es war einfach aus.

Comme il faut

Seit einigen Jahren hatte sich in der Kneipenszene unserer Stadt ordentlich etwas getan. Die Anzahl der Studenten, sowohl an der Pädagogischen Hochschule als auch an der Ingenieurschule, war ständig gestiegen. Schließlich sollte auch noch der Fachbereich Betriebswirtschaft hinzukommen und man sprach davon, alle Bereiche und separaten Hochschulen in eine Gesamthochschule integrieren zu wollen. Erfreulich an dieser Entwicklung war auch, dass sich immer mehr Kneipen gründeten, deren Zielgruppe in erster Linie das studentische Publikum war.

Die Konzepte waren zumeist einfach. Das Wichtigste war eine ordentliche, wenn möglich rustikale Theke, an der man stehen oder sitzen konnte und an der man, ganz wichtig, gesehen wurde. Eine Auswahl an Bieren, darunter ein ordentliches Obergäriges, verstand sich von selbst. Und natürlich Musik. Musik war wichtig, sehr wichtig! Am besten liefen die Kneipen, die gute Musik zu bieten hatten.

In jeder Hinsicht Spitzenreiter war die erst ein Jahr zuvor eröffnete »Eule«, günstig zwischen Hochschule und Innenstadt gelegen. Zwar wohnte der Bischof gleich nebenan, aber das störte die Gäste nicht. Egal ob in der Woche oder an Wochenenden, es war immer proppenvoll. Die Eule war genau das, was wir uns unter einer Studentenkneipe vorstellten.

Seit einiger Zeit hatte ich neben der Schule diverse Nebenjobs angenommen. Das Taxifahren gab ich bald auf, weil die Arbeit auf Schützenfesten und in Kneipen mehr brachte. Ich hatte mich als Zapfer an Bierständen qualifiziert. Das war zuweilen zwar ein harter Job, wurde aber gut bezahlt. Am besten lief es auf Schützenfesten, wenn viel los war. Wir waren dann meist zu viert an der Zapfanlage. Zwei schafften Gläser ran und zwei zapften. War der Hahn erst mal auf, wurde er nicht mehr geschlossen, bis das Fass, meistens fünfzig Liter, leer war. Dann ging es nur noch darum, die Gläser im richtigen Rhythmus in den Bierstrahl zu halten und möglichst mit einem Guss akkurat bis zum Eichstrich zu füllen.

Mit meinem Freund Werner machte ich mir einen Spaß daraus. Auf Kommando öffneten wir den Zapfhahn, und ab ging die Post. Wir hatten einen Ruf und wir hatten unsere Fans.

Auch in der Eule war ich gelegentlich hinter dem Tresen tätig. An einer Ecke der Theke stand ein Plattenspieler, den aber nur der Wirt bediente. Er achtete darauf, dass immer die richtige Musik auf den Teller kam, in erster Linie die angesagten Rock-'n'-Roll-Bands: Beatles, viel Elvis und immer häufiger die Stones.

Eines Abends, es war mal wieder randvoll und ich trank mein Altbier an der Theke, kam ich mit einem Mädchen ins Gespräch, das ich dort vorher nie gesehen hatte. Sie hieß Anja und wir unterhielten uns über alles Mögliche, das übliche Kneipengeschwätz.

Schließlich erfuhr ich, dass sie erst vor einigen Monaten in die Stadt gekommen und als Haushälterin bei einer alten Dame angestellt war. Unter all den Studenten und ihren üblichen Geschichten, war das mal was Neues und mich interessierte das natürlich. Dann erwähnte Anja auch den Namen ihrer Arbeitgeberin. Meine Überraschung war groß, denn den Namen kannte ich gut und mit ihm kamen einige Erinnerungen aus den Erzählungen meiner Mutter hoch.

Zu Mutters Zeiten war es gang und gäbe, dass junge Mädchen in einem sogenannten herrschaftlichen Haus eine Ausbildung bekamen, zum Beispiel als Köchin. Zu jener Zeit hatten viele Unternehmer und Familien, die über ein entsprechendes Vermögen verfügten, große Häuser und eine entsprechende Anzahl von Hausangestellten, vulgo Dienstboten.

Nach einer fundierten Ausbildung zur Köchin in einem eine Tagesreise entfernten Kurort kam Mutter zu einer Anstellung im Haushalt einer der bekanntesten und prominentesten Familien unserer Stadt, den Hugens. Das war eine traditionsreiche Unternehmer- und Arztfamilie, angesehen und wohlhabend.

Mutter musste ihren Job wohl gut gemacht haben, denn sie war wohlgelitten und blieb lange im

Dienste der Familie. Es hatten sich im Laufe der Jahre wohl so etwas wie familiäre Bande entwickelt, sicher auch dadurch bedingt, dass die »da oben« und die »da unten« damals noch eine andere Art von gegenseitiger Verantwortung füreinander empfanden und pflegten.

Als dann die Stadt, und ganz besonders die Innenstadt, in den letzten Kriegstagen zerbombt wurde, lag auch das große Patrizierhaus der Hugens in Trümmern.

Mutter, deren Elternhaus auf dem Land, nur wenige Kilometer außerhalb der Stadt lag, konnte dahin zurück. Was aber sollte mit den Hugens geschehen? Mutter kümmerte sich und ein Teil der Familie kam in ihrem Elternhaus unter, bis sie nach einem halben Jahr zu ihren Verwandten übersiedelten.

Im Jahr darauf heiratete Mutter und gründete mit Vater ihre eigene Familie. Jeder hatte mit sich selbst, den Aufbaujahren und den täglichen Herausforderungen zu tun. Immer mal wieder führte ein Bedarf Mutter in das Geschäft der Hugens und jedes Mal wurde sie vom Inhaber, den sie ja noch aus seinen Kindertagen kannte, freudig und sehr freundlich begrüßt.

Aber letztlich befanden sich Mutters Familie und ihre ehemaligen Arbeitgeber in zwei sozialen Welten, wie sie unterschiedlicher nicht hätten sein können. So verlor man sich aus den Augen.

Meine Zufallsbegegnung mit Anja sollte das, zumindest für einen Moment, ändern. Das Unternehmen gab es noch, war aber inzwischen in anderen Händen, und die alten Einwohner der Stadt kannten noch den Glanz des Namens. Doch unter uns Jüngeren war das ein Laden wie viele andere auch. Ich erzählte Anja daraufhin, was meine Mutter mit der Familie verband. Zufälle gibt's ...

Wir hatten einen interessanten Abend verbracht, trennten uns nach einigen Stunden und ich sah Anja nie wieder. Die Geschichte hatte ich längst vergessen, als mich Mutter ein paar Wochen später auf meine Kneipenbekanntschaft ansprach.

Anja hatte ihrer Chefin nämlich von unserer Unterhaltung erzählt. Und die alte Dame war wohl mehr betroffen als erfreut. Denn die betagte Patriarchin, ganz alte Schule und immer um den guten Ruf der Familie bedacht, trieb der Gedanke um, dass Anja vielleicht Interna aus dem Familienleben erzählt haben könnte.

In der Familie hatte es in der Tat über die Jahre hinweg einige Turbulenzen gegeben. Pech und Pannen, Scheidungen, ein bisschen Streit und all die Dinge, die im Laufe von Generationen in Familien vorkommen. Nichts, dessen man sich wirklich schämen musste, aber für die alte Dame wahrscheinlich eher peinlich. Dinge, die man bei guter Erziehung unter der Oberfläche hielt.

Sie ließ also »anspannen« und sich zu Mutter, zur Lisbeth, fahren. Die wiederum fiel aus allen Wolken, als plötzlich, so ganz ohne Anmeldung und damit ohne jede Chance, vorher noch schnell einen Kuchen zu backen, ihre ehemalige Chefin vor der Tür stand.

Doch Mutter konnte sie schnell beruhigen. Ihr Sohn würde sicher nichts nach außen tragen, falls das Mädchen Internes berichtet habe. Die alte Dame war sehr erleichtert. Sie lebte noch in einer anderen Zeit. Denn weder Anja noch ich und schon gar nicht die Öffentlichkeit hatten Interesse an den Verhältnissen in der Familie.

Letzter Sprint

Jetzt wurde es knapp.

Für Kneipenbesuche hatte ich keine Zeit mehr und vor allem musste ich mich nun mal ordentlich ins Zeug legen, denn die Zeit an der Fachoberschule näherte sich dem Ende. Die letzten Monate forderten mir so einiges ab, besonders in den naturwissenschaftlichen Fächern Physik und Mathematik, meinen traditionellen Schwachstellen. Bisher hatte ich nur das Notwendige gelernt und mit Gleichungen tat ich mich schwer.

Mir half aber, dass ich in letzter Zeit immer mehr Kontakt zu Studenten der Ingenieurschule hatte. Mit einem von ihnen, mit Detlev, war ich befreundet; er half mir gelegentlich und erklärte mir die Geheimnisse der Mathematik. So überstand ich meine Lücken und konnte die Klausuren angehen.

Detlev und die anderen studierten Elektrotechnik und Nachrichtentechnik und so war ich einigermaßen informiert, was mich im Studium, sollte ich diese Fächer wählen, erwartete. Ich beriet mich mit ihnen. Detlev, der meine Schwächen und Bedenken kannte, erzählte mir eines Tages, dass die Ingenieurschule dabei war, einen neuen Fachbereich »Informationsverarbeitung« einzurichten. Er riet mir, mich mit diesem Lehrangebot zu befassen.

Ich ging also zur Ingenieurschule, die demnächst Fachhochschule und später dann Gesamthochschule heißen sollte, und bekam dort im Dekanat die entsprechenden Informationen. Tatsächlich handelte es sich um eine Fachrichtung, die von allen angebotenen Ingenieursfächern am besten für mich geeignet schien. Im Wesentlichen wurden all die Fächer gelehrt, die notwendig waren, um auf eine Ingenieurskarriere in der Computertechnik vorbereitet zu werden. Das Studium würde mit dem Grad eines »Ing.« abzuschließen sein. Das alles überzeugte mich.

Noch aber hatte ich ein paar Klausuren an der Fachoberschule zu bestehen. Ich lernte Tag und Nacht und schließlich war es geschafft.

Endlich hielt ich das begehrte Zertifikat, die Zulassung für die Hochschule, in den Händen. Zwar hätte ich mir in einigen Fächern, freundlich betrachtet, eine bessere Note gewünscht, doch war ich mir bewusst, dass es in erster Linie um das Zertifikat und nicht um die Noten ging. Denn einen Numerus clausus gab es nicht.

Zum Wintersemester der neuen Dekade würde ich mich immatrikulieren. Ein wesentliches Ziel meines noch jungen Lebens, meiner beruflichen Planung wäre damit erreicht. Für mich war das sehr bedeutend.

Was ich bisher gemacht, erlebt, gelernt hatte, das lag alles noch innerhalb dessen, was man einen gewöhnlichen Weg nennen konnte, dem eine gewisse Logik zugrunde lag: zuerst die Volksschule, dann die Lehre, danach das ein und andere ausprobieren und schließlich, möglichst bald, eine feste, vielleicht sogar lebenslange Stelle. So lief, so ging das oft und war sicher auch gut.

Aber nicht für mich. Das war nicht mein Weg und ich verließ ihn nun. Wenn ich es richtig betrachtete, dann hatte ich dafür seit meinem Lehrantritt fast zehn Jahre gebraucht und jedes hatte mich weitergebracht. Zwar mit manchen und nicht immer schlüssigen Umwegen, doch das gehörte wohl dazu, zu dem Jungen, zu mir.

Weil es nicht irgendeins, sondern mein Leben war.

Zeitfracht Medien GmbH
Ferdinand-Jühlke-Straße 7
99095 Erfurt, Deutschland
produktsicherheit@kolibri360.de